Karl Foerster
Warnung und Ermutigung

Meditationen
Bilder und Visionen

L&H VERLAG
Nachdruck

Meiner Tochter

Marianne

INHALT

WARNUNG UND ERMUTIGUNG

«Wir wachen gern für uns und
schlafen leider oft für andere.»

Ernsthafte Leute bleiben reichlich erfüllt vom Gefühl ihrer eigenen Unvollkommenheit, — sind leise verwundert über Liebe, Güte, Wärme und Anerkennung, die ihnen zuteil wird. Die Unzufriedenheit mit uns selber, die auch alle Vergangenheit umfaßt, muß jedoch in rechten Bahnen gehalten werden, damit sie nicht zur Schwächung, sondern zur Stärke führt. Auf dieser klippenreichen Lebensflußfahrt darf der Rückblick dem Vorausblick nie im Wege sein. ¶ Reue ist oft ein ungedeckter Verrechnungsscheck, eine wehmütige Seelenhochstapelei. Die meiste Reue kommt zu früh, da ja noch Spielraum für Umkehr, Heilung, Versäumnisnachholung und Wiedergutmachen besteht. Die Leute denken immer zu früh: «zu spät!» Nicht zu vergessen, daß die meisten Sünden Unterlassungssünden sind! ¶ Schade um jedes Stück vorzeitiger Resignation im Kleinen oder Großen, die sich so gern mit Faulheitsanfällen verbindet, — eine Mischung, die oft schwer bei uns und anderen zu entwirren ist. «Schreibe den Brief doch lieber gleich, und zwar schlicht und einfach, statt Ausführliches zu planen und hinauszuschieben.» Unterschätzt wird meist die Wirkungskraft auch kurzer Briefe, die mehr als üblich zur vollen Pflege persönlicher und sachlicher Beziehungen gehören und anderen geruhsameren Briefen nur förderlich sind. Überbrücke stummes Wartenlassen leichthin mit ein paar kurzen, freundlichen Vorauszeilen! ¶ Der Spielraum für das Nach=

holen von Versäumnissen erweitert sich oft durch unerwartete Gelegenheiten und Antriebe, zuweilen auch durch findiges Nachdenken oder durch die Überwindung falscher Hemmungen, die auf Mangel an Schlichtheit beruhen. Der Himmel hat vielerlei lockende Geduld mit uns, ehe er Tore ins Schloß wirft, die er anfangs noch unverschlossen hält. ¶ Zweifle an Unwiederbringlichkeiten! Glaube an Auferstehungen! Bereite ihren Boden, — störe nicht durch ungläubiges Tun und Lassen! Die Welt erweist sich immer reicher an Auferstehungskräften. Allbekannte Anwandlungen von Kleinmut sind meist körperlichem Mißbefinden eng verbunden, — was am besten spürbar ist, wenn man in solchen Stimmungen einen starken Bohnenkaffee trinkt, der uns wie mit heiterem Größenwahn befeuert, — kleiner lockender Symbolvorgang, wie auch körperliches Wohlsein überraschend tief unserer geistigen Freudigkeit dient. Zu den Geheimnissen des Erfolges gehört auch der schnelle Übergang von einer Arbeit zu ganz anderen. Dasselbe gilt von der bevorzugten Erfüllung schwieriger Obliegenheiten, — gilt wahrlich auch von findiger Entdeckung und Verwendung möglichst vereinfachter Methoden unserer Tätigkeit und Pflichterfüllung, — was auch solchen dann zugute kommt, die nicht zu vereinfachen sind. Viele lange vertagte Dinge werden hierdurch tunlicher. Bisweilen gehört aber eine herkulische Kraftaufwendung dazu, an Hinausgeschobenes wieder heranzugehen. Eine besondere Stimmung, Hauch der Schönheit, ein freundliches Wort — wecken dann die Entschlußkraft, — liebe, sonst doch tapfere Seele, — die ja um Ritterpflichten unseres Heute gegen unser Mor=

gen weiß! ¶ Solche Betrachtungen reichen in Kernräume des Gewissens, — jene unwidersprechliche Bindung unseres Innersten an die unsichtbare Welt, die uns aufruft zu höherem Leben. Man staunt bis ins Alter über die unermüdliche Zügelgewalt, mit der Etwas über den Sternen sich niedersenkt in unser Herz. Die letzte Zuflucht gegenüber der Unruhe des Gewissens bleibt immer der Gedanke an die Gnade Gottes, — was nur mit solchen Worten und sonst überhaupt nicht gesagt werden kann. ¶ Aus dem zuweilen ablenkbaren Schiffs- oder Seelenkompaß muß sich der Kreiselkompaß eines unablenkbaren Gewissens bilden. Kein Fanatismus kann dann in Richtungen verlocken, die sich widersprechen, — kein wohlgemeinter Rat den Wagemut des Vorwärtsschreitens dämpfen. ¶ «Leichtsinn belohnt sich, wenn er nicht auf Kosten anderer geht»; dies Wort kam aus dem Munde eines Neunzigjährigen. Obgleich wir beständig der vielartigen, nie ganz zu bewältigenden Pflichten innebleiben müssen, von denen wir sicher wissen, daß sie unsere Pflichten sind, müssen wir doch wach bleiben auch für etwas anderes, woran jene Pflichterfüllung oft scheitert, — nämlich für die Lockung ernstlicher Träumereien und Lieblingsarbeiten, hinter denen sich Aufgaben und Möglichkeiten verbergen könnten, denen wir vielleicht eher oder besser gewachsen sind als andere. Wer Träume verwirklichen will, muß wacher sein und tiefer träumen als andere. ¶ Nur was außer der Reihe tanzt, das bleibt. Vorsicht also vor zu engem Pflichtbegriff, der das Lebendigste unterbindet, — Vorsicht auch vor zu losem Pflichtbegriff, der das Leben verwildert. ¶ Erstaunlich ist die ständige Erfahrung, wie

häufig die Gefahrenzone der Versäumnis betreten
wird, wenn zwei oder mehrere sich halb und halb
aufeinander verlassen. Zuverlässigkeit aber verläßt
sich in keiner verantwortungsreichen Sache freiwillig
ganz auf andere. Doch auch jenseits unseres engeren
Pflichtenkreises durchzieht ein falsches Sich=auf=an=
dere=Verlassen unser halbes Leben, — und zwar vor
kleinen oder großen Aufgaben, die in unseren Le=
bensbereich hineingehören und auf unsere Erfüllung
oder Förderung warten. Wir gleichen da oft jenem
Straßenpassanten, dem man die Worte in den Mund
legte: «Steh' ich hier schon 'ne Viertelstunde, und
niemand hilft der alten Frau dort auf!» ¶ Überall im
dichten Schicksalsstrom des Menschenreiches sind die
Helfer oder Vorwärtsdränger nötig, die den Hang
zum Eingreifen haben, ohne sich lange auf andere
zu verlassen, — hierbei einem inneren Zwange fol=
gend. ¶ «Wer immer strebend sich bemüht», den
können wir noch lange nicht erlösen, — da muß noch
etwas anderes hinzukommen: eine neue Art der Mit=
bemühung um das Lebensheil anderer. Das Glück des
«Glücklichen», sein innerster Frohsinn, wird — je
älter er wird — immer abhängiger von den Gedan=
ken an das Leben der Glücklosen und Benachteilig=
ten. ¶ Er muß daher nicht nur die Vorsorge der Ge=
meinschaften auf alle mögliche Weise fördern hel=
fen, — sondern muß selber neue praktische Hilfswege
suchen und gehen. Er muß hier und dort Augen und
Seelen öffnen helfen für zahllose unbedachte, unbe=
merkte und ungenannte Barbareien und Bedrückun=
gen in Leben und Arbeit unzähliger Mitmenschen.
Hierbei wird er dann nicht haltmachen vor der eige=
nen Gewissenserforschung.

Überanständigkeit wird ebenso bestraft wie das Gegenteil.

«Du sollst nicht töten» — was heißt das im wesentlichen? Du sollst die Heiterkeit deiner Mitmenschen nicht fahrlässig niederhalten, nicht unbemerkt, unerwidert, unermutigt lassen, — am wenigsten in langen Unglückszeiten.

In dem Augenblick, wo wir jemandem innerlich oder mit Worten Fehler vorwerfen, begehen wir oft selber Fehler. Auch uns werfen wir sie selten auf fruchtbare Art vor. Um so weniger dürfen wir fehlerlose Aufnahme unserer Fehler durch andere erwarten!

«Ja — aber der andere» — sagen oder denken viele Leute bei allen möglichen Gelegenheiten. Diese drei Worte wälzen immer wieder Grabplatten auf Keime schönster Blütenpflanzen.

Das Schicksal wartet auf die Lücke unserer Wachsamkeit; es wartet aber auch auf unsere Unermüdlichkeit, im Widerstand des Schicksals die Lücke zu entdecken, durch die wir vorwärts dringen und es ganz oder halb überwinden können. Fast jede schwarze Wand hat Löcher.

Suchet, und ihr werdet noch ganz etwas anderes finden. Wer Gold sucht, findet Porzellan, wer Ostasienfahrten abkürzen will, findet Amerika.

Wüßtest du, was in der fernsten Ferne hilfebringend, hilfesuchend deiner und deiner Arbeit wartet!

KURZER BLAUER WINTERTAG

Jeder Tag hat sein besonderes Leben und oft seine besondere Magie. ¶ Heut war ein himmlisch hellblauer milder Wintertag, von morgens bis abends durchflossen von einem Zauber, der Gedanken wachrief, die das schöne Gestern noch schlummern ließ. Die Welt lag ohne Schnee im blauen Licht und Himmelsglanz fast wie im tiefen Sommer, wenn man halb behaglich, halb beklommen Mittagshitze fürchtet und Gewitter ahnt. Seltsame Helle dieses sommerverzauberten Wintertages, — als sähe man ein Spiegelbild im kühlen, dunklen Wasserquell. ¶ Das Zimmer ruhte mit seinen Südfenstern und seinen grünen und braunen Farben wie eine magische Wohnmuschel am Weltenstrande des blauen All, von verklärtem Wintersonnenschein durchflutet: nichts als Zwiegespräch mit der Unendlichkeit und der blauen Tiefe, in der die Weltgondel schwebt. Der Südraum schwamm im Licht wie nie im Sommerglanz.

Der Tag mit seiner knospenhaften Schönheit schien ein Riesentag. Doch das war Trug. Die Knospe blieb, erblühte kaum und schloß sich wieder. Du sahst Morgensonne glühen und grünes Lampenlicht mit Morgenrot und Stern-Erblassen kämpfen, abends den Sonnenball rot hinter Hochwaldstämmen verschwinden und den Tag bang und feierlich verglühen, in die Arme der Sterne sinken. Der junge, sterbende Bruder war umglänzt von den grünen Sonnen des großen Weltentages da droben, die wie feuchte Lichttropfen ruhig in den ewigen Grotten hangen. Erdenwelt glitt wie für immer aus Licht in Nacht und Späte und Ende. Aber bald schon steht wieder heller, junger, knospender Morgen über späterer Welt, anders als heute.

Kein Tag kehrt wieder, – keiner versinkt. Was wissen wir von seinem großen Geheimnis? Wir nippen nur an ewigen Bechern. Ein Schatz von Tag wird dir hingehalten, ein ganzer, holder Tag. Schon war er unausgelebt halb verglommen, – der kurze, überstürzte Wintertag in seiner süßen Jugend und Jungfräulichkeit. Er hatte einen hohen Sinn, – du aber blinzeltest an ihm vorüber, plaudernd beim Kaffee. Da machte er Ernst und starb schnell hinweg; was er versprach, hat er anderen gehalten. ❡ Wieder ist es spät, kurz vor Mitternacht, – kann nicht später werden, sondern nur noch früheste Frühe. Der Westreisende wird in den Osten getragen. Der Abendstern entschwindet seiner Himmelsgegend und wird auf dunkler Zwischenbahn zum Morgenstern.

Die Rhythmen und Wandlungen der Welt verkörpern uns das dunkle Geheimnis der Zeit, wie das Licht uns den Raum offenbart.

MOMENTAUFNAHMEN IM WINTER

Unser Verhältnis zum Winter ist eines solchen Wachstums und Blühens fähig, daß die Seele gleichsam aus einem laubabwerfenden immer mehr zum wintergrünen Gewächs zu werden scheint. ⁋ Seit gestern liegt zarter Nebel in der Luft. In diesen leisen Nebeltagen scheint die Welt still mit Kraft und Schlaf getränkt zu werden. Der Nebel ist ein großer Lehrer des winterfrohen Auges. Seine Offenbarungskräfte schmeicheln uns die Winterschönheit unvergleichlich in Auge und Herz. ⁋ Der Winter ist die Zeit der Entfaltung zartesten Farbenreichtums und reichster Schönheit der Linien und Umrisse. Herbst= und Winternebel erschließen uns immer reicher jene Glücksbeziehung zur Pflanzenerscheinung, für welche die Kunst des Fernen Ostens als erste und einzige so hohen Ausdruck fand.

Alpen=Winter

Hellblaugrünes Bergwasser, kristallenes junges Blut der Welt, tost aus eisumdrohten Schluchten durch dunkle Schneehöhlungen und läßt rauhreifumfiederte Gräser im Luftzug der eiligen Wasser mitwehen. Dem Verhallen der brausenden Schluchten entsteigt man langsam und findet sich oben wieder in neuen Stockwerken unbekannter Schneewildnisse am Rande blendender, bergumragter Matten. Wilder Freiheitsschrei des Habichts über totenstiller Marmorwelt unter brennendem Himmelsblau. ⁋ Die Stille hier oben ist so tief, als müsse man das Lodern der Sonne über den Fichtenzweigen hören. Das Schweigen scheint wie der Ton himmlischer Vollkommenheit, mit der das Weltuhrwerk seinen Gang tut. Und es schwebt in der Lautlosigkeit dieser weißen Weltenzinnen zwischen Süd und Nord noch ein anderes Schweigen, ein Rätselhauch wie vom Geistesbrausen der Jahrhunderte.

Meeres=Winter

. . . Abseits trippeln Strandkolonnen winzig kleiner, hochbeiniger Vögelchen, die sich ganz dicht beisammen halten gegen die Übermacht der Dinge und sich bei jedem Zeichen wie ein Mann erheben, pfeilschnell abfliegen und ihr süßes Gezitter und Getrippel woanders beginnen. Zu welchen scheuen, beseligenden Spielen des Lebens läßt sich die gewaltige Meeresmutter herbei! Mitten in die brausenden, majestätischen Klänge Beethovenscher Musik werden die Glanzlichter kleiner kindlicher Melodien hineingeklingelt. ¶ Die Weihe unaussprechlichen Weltgeheimnisses liegt über all dem vergeisteten Strandleben, — ein Horchen und Raunen der Gotteskreatur, angefüllt mit Kraft und Lebensbereitschaft bis zum Rande, — und ein großes, halb festliches, halb schwermütiges Fragen und Warten. ¶ Und niemand fühlt die Frage tiefer als der, dem Antwort ward.

Der Skeptiker richtet seine Skepsis eigentlich gegen alles; denn es ist ihm nach Goethes Wort «schließlich mit nichts großer Ernst». Nur gegen seine eigene Skepsis richtet er dieses Geschütz nicht, — bringt sie also um die Heilung durch sich selber. ¶ Die gesunde Skepsis benimmt sich als eine kleine, emsige Dienerin, — die voreilige tarnt sich als Urteilsernst. Sie bescheidet sich vorzeitig mit den Nieten eines Kreises von Möglichkeiten, anstatt immer den ganzen Kreis abzutasten, in den bestimmte Treffer eingebaut sind. Von solcher Skepsis bis zur Grämlichkeit ist nur ein Schritt. ¶ Ein Gramm Grämlichkeit vergrämt Zentner Glückes. Grämlichkeit aber ist Verrat am Urgrunde. Ohne Kampf mit ihr wird kein rechter Lebenskampf gekämpft. ¶ Schon das Erträgliche sei uns ein Fest! Die Welt ist viel zu bunt, um allzu schwarz zu sehen.

Wollte man sich über alle privaten oder öffentlichen Fehler, mit denen man zu tun hat, — über alles Ärgerliche gebührend ärgern, so würde das Leben davon erfüllt sein und wäre gar kein Leben! Es gebührt also unserem Ärger nur ein Teil dessen, was ihm zu gebühren scheint. Mancher aber schließt umgekehrt aus der Stärke seines Ärgers auf den Grund fremder Verfehlungen und vergißt dabei, daß er mit trügerischem Meßapparat umgeht.

Jeder Menschenärger hat seinen langen Stammbaum. Wir hängen im Ärger oft jemandem einen Schwanz von Präzedenzfällen an, der ganz anderen Leuten gebührt. Gewitter werden oft über anderen Ländern gebraut als entladen. ¶ Woher kommt denn das Wort ÄRGER? Es kommt aus der Erfahrung, daß ein Sachverhalt durch irgendeine kleine Fälschung ärger dargestellt wird oder den anderen tiefer ärgert, als es dem Sachverhalt entspricht. Nur eherne Urteilszucht ist dem verärgerten Hang zu leichter, fast etwas lügnerischer Ungenauigkeit gewachsen. Jedoch kommt Vernunft allein oft nicht durch, — es muß neben dem Kühlapparat ruhiger Gedanken noch ein Feuerlöscher aus höherer Welt auf die glimmenden Ärgerfeuer gerichtet werden, wenn wir über das heidnische Hin- und Herrechten hinwegkommen wollen. ¶ Aber glaube nur nicht, daß die sogenannten Weisen den Stürmen des Ärgers entrückt sind und nicht auch zuweilen wochenlang geistig-körperlich an solchen Erregungen zu bändigen haben!

Dummheit ist durch Affekt gesperrter Intellekt. So entsteht das Phänomen der Dummklugheit, das kluge Menschen oft so töricht reden und handeln läßt. Ärger verdummt, — Dummheit kann tödlich werden. ¶ Ärger benebelt wie Fusel und lockt auf Holzwege, die plötzlich aufhören. Er betäubt für den Augenblick das Gefühl für die Verletzung, die man anderen in der Erregung zufügte, und brennt Sicherungen durch, wofür dem Abgekühlten hinterher das Verständnis fehlt.

Kein Filter aber ist so wichtig wie dieser: Oft lassen wir die Tonart unserer Worte schon durch den Ärger über ihre voraussichtliche Aufnahme beeinflussen, anstatt diese durch das Wie unserer Anrede zu entwaffnen. ¶ Zwischen dem Augenblick, in dem wir etwas sagen wollen, und dem Augenblick, da wir es sagen, liegt eine winzige Spanne, die aber genügt, um die Tonart von Grund aus umzuschmelzen, – sie von obenher zu taufen und sie mit dem Gipfel unseres Wesens in Einklang zu bringen.

Welche Schlacken unbewußten Spießertums können wir schnell noch geistesgegenwärtig und herzensgegenwärtig hinwegschmelzen, – welche Reinigung von Kleinlichkeit, Nervosität, Staub und Schwere noch rechtzeitig unbemerkt vornehmen, – Säure, Pharisäertum, Empfindlichkeit oder leise Selbstgefälligkeit aus unserer Rede entfernen, aus der Klage die Weichheit gegen uns selbst, aus der Teilnahmebezeugung und Hilfsbereitschaft den Überlegenheitsklang hinwegbrennen. Allmählich wird diese Filtergewohnheit dann selbständig Stimme und Ausdruck – und schließlich auch unsere Gefühle und Gedanken filtrieren.

Ermatte nicht im Kampf mit der ganz besonderen Verzwicktheit der gerade vor dir liegenden Aufgabe; denn es wartet schon der nächste Fall. Das Leben ist halb Schwertertanz, halb Eiertanz.

Der Überschuß ist das Leben, – im Übermaß sein Feind.

Man kann nie spät genug geboren sein!

Wenn wir die Dinge nicht beherrschen, so beherrschen sie uns.

Wer zu bequeme Wege geht, zu wenig Ziele hat, erreicht kein Ziel, kein neues Ufer recht und gewinnt verlorene Lebensstrande nicht zurück. ¶ *Viele Lose muß spielen, an wem die Gottheit ihre gute Laune auslassen soll.*

Das geringste fühlbare Bemühen, einen guten Eindruck zu machen, verdirbt leicht alles. Nur wenn die Persönlichkeit danach ist, treten andere Wirkungen ein.

Die Lüge ist ein Schmarotzer auf dem Blütenbaum der Wahrhaftigkeit und des Vertrauens, – immer bereit, auch seinen Wirt zu belügen, zu verleumden und Anleihen bei ihm zu machen. Ohne das Weltkapital der Wahrhaftigkeit wäre die Lüge schnell bankrott.

Schläue ist ein großer Feind der Treue.

Zu viel oder zu wenig Arbeit vertreibt aus dem Paradiese.

Man lebt zutiefst von Ausnahmemenschen, — und doch: es wimmelt davon in Gegenwart und Vergangenheit. «Die Ernte ist groß.»

Seltsam, wie das Leben rauscht — und auch am alten Orte immer wieder völlig neu ist!

Lerne klagen, ohne zu schwindeln, und teilnehmen an fremden Leiden, ohne sie zu verkleinern. Suche an die Stelle der bloßen Teilnahme etwas Ganzes zu setzen, — dann wirst du neben beklagten Leiden oft noch andere unerwartete Schicksale finden und neue Wege der Hilfsleistung entdecken, — zuweilen auch auf unerwartete Glücksumstände treffen, denen die Mitfreude anderer ebenso nötig wird wie Leidenden das Mitgefühl. ¶ Zur Mitfreude und ihrer Bekundung reicht es bei vielen mitleidigen Seelen nicht. Die Göttin der Mitfreude wartet noch auf ihre Altäre.

Der Wechsel wirkt Wunder und bringt erst die Ernte der Beständigkeit ein.

Jeder von uns denkt zuweilen, seine Fehler und Schwächen ständen ihm besser als anderen, und erwartet daher ihre fehlerlose Aufnahme ohne entstellende Weiterberichte.

Sprich deine Meinung in aller Schärfe aus, und du merkst, daß du noch eine ganz andere hast!

Zuversicht ist die Göttin des Lebens und aller Schönheit tief verbunden.

Neid richtet schmale Scheinwerfer auf fremde Lebensküsten.

VORFRÜHLING

Wie heiß brennt oft die Sonne schon im März; doch kahl und ungerührt stehen Wald und Baum noch wie Kulissen eines Schauspiels, das immer noch nicht anfangen kann, weil Regisseur und Darsteller sich wer weiß wo herumtreiben, müde tausendjähriger Wiederholung. ¶ Das heiße Sonnenwerben um die kahle Baumwelt der Gärten und Wälder wird rundweg abgelehnt, um sich bald in stürmisches Entgegenkommen zu verwandeln. Verwundert blicken wir auf Winterzweige, wenn wir nach blauem heißem Märztag das leise Sieden des Blutes fühlen. ¶ In Obstgärten und Feldern wird altes Kraut verbrannt, würzt die Silberluft mit feinen Rauchgerüchen und legt ringsum schwebende Schleier in blaugraue Fernen, aus denen Hahnenschrei und Silberruf der Kinder herüberdringt, zuweilen vom metallischen Finkenschlag und Fagott-Triller des Spechts durchhallt.

Heiße Tage ohne Voranmeldung sind erschienen, in denen der Frühling uns sofort über den Kopf wächst. Bitte, nicht so stürmisch. In Gärten sind schon ganze Beete bunt und üppig. Helles Grün steigt in manche Sträucher und Wipfel auf. – Dann kommen auch die ersten dilettantischen Gewitter mit Donner über den kahlen Bäumen wie Klavierspiel im leeren Zimmer. Gestern gab's zum ersten Mal wieder düstere Wetterwolken hinter wehendem grellem Grün und nachher Gewitter in der Dämmerung. Die grünen und bunten Sachen im Garten wurden von Blitzen wun-

derbar farbig erhellt. Bald hörte das Grollen auf, aber die Blitze gingen weiter, ganz weich und laut=
los: strahlend bis zur höchsten Helle flammte die Dämmerwelt auf, ohne jeden Donnernachhall. Es war, als kämen dem Weltgeist jäh aufflammende Er=
leuchtungen, – dunkel, ob Gewesenem oder Kom=
mendem geltend, – die bis in die stille, trunkene Frühlingsstunde hinabfuhren. ❡ Zwei Tage drauf wird's wieder kalt, – vereinzelte Schneeflocken wehen an der Trauerweide vorbei, eine Amsel fliegt auf einen nachschwingenden Zweig und singt, noch schau=
kelnd, mit schwarzem, windgesträubtem Gefieder in Flocken und Kälte hinaus. Am nächsten Morgen ist alles weiß von Schnee, hellgrüne Bäume und hell=
blühende Büsche und die ganze Landschaft bis zum Horizont. Mittags ist alles weggeschmolzen.

Im Gemüsegarten beginnt nun das neue Säen und Pflanzen. Der Nachbar ist schon weiter und blickt ernst herüber. Bei uns liegt's noch im argen, aber vom Vorjahr her stehen da Rosenkohl und Porree auf den Beeten, und Topinamburen stecken im Bo=
den. Man glaubt nicht, wie viele Mittagessen man sich aus dem verschneiten Vorfrühlingsgarten her=
ausbuddeln kann! ❡ Wie schön, jetzt den Vorfrüh=
lingsweg zu durchwandeln, dessen Blumen und Blü=
tenzweige überall von leise dröhnendem Bienenge=
summ umflogen werden und vom Auf= und Ab=
sitzen der Insekten ständig nicken und erzittern. In süße Düfte mischen sich tierhafte Kaiserkronengerüche und überkugeln sich mit warmen Veilchendüften und kühlem Paradieseshauch verwilderter Hyazinthen.

Die Erdblumen müssen schwebende Blütenzweige
über sich haben, damit diese ihre Schattennetze in
die Blumenfarben werfen und die Bienen auch über
uns summen lassen. ¶ Wieder kommt man, – als
also Faust und Goethe noch keine Blumen «im Re-
vier» kannten, – an der kleinen buntbesternten Blu-
menterrasse und dem wilden Geblühe der Waldschat-
tenecke vorüber, sieht Rosenprimeln das moosige
Wasserbecken umkränzen, bunte Blumen aus Stein-
fugen brechen, die den gleichen freudigen Schreck
erwecken wie gefundene Ostereier dem Kinde, –
überrascht, belauscht und ertappt oben an der Stein-
treppe ein halb im Tannenschatten verborgenes blitz-
blaues Dickicht des Waldvergißmeinnichts, sieht zwi-
schen neuen Blumen niegesehene Schmetterlinge in
goldbraunem Farbenfeuer und ungewohntem Fluge,
– spürt den Verkehr all dieser Gestalten mit der an-
brütenden Sonne und den sommererregten, noch
winterverschüchterten Wolken und denkt: Solche
Kraft ward diesen Blumen, um dem Menschen auch
im Sommer und Herbst seines Lebens ein höheres
und blühenderes Gefühl des Daseins zu schenken,
als der Mensch im Frühling seines Lebens ohne diese
Blumen gewinnen mag.

Über alle Welt ist eine Märzschönheit gebreitet, die man gegen keinen Rivieratag eintauschen möchte! Die Sonne scheint wie durch ein Zauberglas auf alle Fernen und Nähen, auf dunkelbraunen Gartenboden und auf geharkte Beete, die dem Blumengärtner schon ein leises, festlich=beklommenes Gefühl wecken, wie dem Tanzschüler der Parkettboden. ¶ Mancherlei Vögel, die man kaum zu sehen bekommt, durch=reisende oder bleibende, lassen aufgeregt grelle, fast ans Komische streifende Frühlingsrufe ertönen.

Das gärende Sonnenlicht dieser überstürzt warmen Tage wirft überall Schatten kahler Äste auf das scheinbar schon sommertrockene Erdreich. Alte Bäu=me mit schwarzer trockner Rinde starren wie toten=haft und unerweckbar in diese heiße silberblaue Welt, und winterblasse Menschen in schwarzen Kleidern wandeln darunter wie aufgetaucht aus Todesschlaf. ¶ Jeder Windhauch weht aus dunklen Eibenbüschen Rauchwolken von Blütenstaub auf. Die Menschen graben in ihren Gärten, stehen dazwischen lange regungslos still und blicken wie in süßer Erstarrung auf den Erdboden.

Es ist so schön, in seinem Frühlingsgarten vor den bunten Primel= und Aurikelbeeten alle möglichen Farben= und Blumengesichter wieder zu begrüßen, die man fast vergessen hatte, – ungefähr als ob man ein altgewohntes Hotel nach langer Zeit wieder besucht und Portier, Hausdiener, Geschäftsführer und Oberkellner sofort wiedererkennt, die vergessen in uns weiterlebten wie Blumen unterm Schnee.

All die Blumen des Vorfrühlings sind ganz selig in der warmen Sonne und die Bienen ganz aufgeregt über die vielen neuen Blumen. Stundenlang sind die kleinen strahlenden Farbenplätze von dem halb feierlichen, halb drohenden Bienengebrumm umsummt. An der weißen Schneeheide brummt es immer besonders drohend, und beim Veilchenpflücken an heißer, duftender Südstelle muß man sich auch erst mit den Bienen verständigen. Die weiße Alpenkresse ist sieben Stunden lang täglich von Hummeln umschaukelt. Dahinter ragen Kaiserkronen meterhoch. Beim letzten Frost lagen sie platt auf dem Boden wie Kamele bei Samum. Rote Schneerosen stehen in Kirchenfenstergluten, wenn die Sonne schräg scheint.

Weiß der Himmel, was für einen Äthertropfen uns dies Märzblumenglück ins Blut gießt! Auch wenn uns das Herz noch schwer von einem Winterleid, bringen es all diese winterdurchkämpfenden Blumen doch fertig, daß uns die Minuten durchs Herz gehen wie Juwelen und Kostbarkeiten durch die Hände.

EIN ALTES BILD WIRD BEFRAGT

»MELANCHOLIA« VON DÜRER

Hier soll ein Beitrag zur Deutung des unerschöpflichen Bildes gewagt werden. ❡ Die Gestalt des Engelwesens mit den düster glimmenden Augen, das den Gebrauch seiner Flügel vergaß, ist umgeben von den Symbolen und Werkzeugen einer verstandesmäßigen Bemeisterung der Welt. Dunkel blicken die Augen in die Weite, — nicht dorthin, wo der Friedensbogen steht. ❡ Melancholia ist die Menschenseele, in der sich die einseitige Überschätzung der Tragweite des Verstandes einnistet; sie ist noch unberührt von der Erkenntnis, daß Verstand und Gefühl, Kopf und Herz in allen wichtigen Entscheidungen und Zielsetzungen des Einzeldaseins und Völkerlebens untrennbar zusammengehören. Getrennt führen beide in die Wüste. ❡ Melancholia ist früher oder später auch die Seele des von der Naturwissenschaft beherrschten, statt von ihr bedienten Weltbetrachters, der einem Hausbesitzer gleicht, welcher sich mit starren Mienen in den Nordzimmern seines Hauses einrichtet und die weiten Südräume leer stehen läßt. Es ist die Seele, die noch nicht ahnt, daß unser Leben mehr auf das Wie als auf das Was gestellt ist, — die alles mißt und wägt und doch vergißt, daß überall Unwägbarkeiten in den Gang der Dinge eingreifen; daß also dem bloßen Rechner kein Lebensexempel aufgeht, weil er seine Rechnung ohne den Wirt machte. Denn nicht Falsch und Richtig, sondern Gut und Böse stellt die Weichen der weiteren

Fernwirkung. Das Böse jeder Art macht pfennigklug und talerdumm, — es benimmt die Geistesgegenwart. Wir leben in Gefängnissen, deren Türen nicht verschlossen sind, und haben Flügel, ohne sie zu gebrauchen.

Geliebtes verdüstertes Engelwesen, wir wollen dir deine Melancholie nicht hinwegreden, denn auch die unsere fühlt sich in dir. Gehen wir doch beständig durch erstaunliche Erleuchtungen und Verdüsterungen und bleiben einem Grundkern der Trauer verschworen, — wissend um schwerer belastete Seelen. ¶ Altvertrautes hohes Bild, über Deutung seltsam hinausweisend, — dein Rätsel ward uns zum Glücksbesitz.

«Es ordnet ein allmächtiger und allwissender Schöpfer jedes Ding an und sieht jedes voraus.»

CHARLES DARWIN

Dieses Weltall ist neben allem, was es sonst noch ist, eine Präzisionsschöpfung von so unfaßlich feinem Gleichmaß des Ganges, daß alle Vorstellungskraft ebenso ohnmächtig davorsteht wie vor den gigantischen Erschütterungen, welche die Ausgangspunkte vieler Bewegungen bilden.

Die große Weltverdüsterung bewirkt die apokalyptische Erkenntnis, daß eine sakrale und eine realistische Weltschau untrennbar sind.

Dem, was unsere Seele hat werden lassen mit all ihren anerschaffenen Bedürfnissen, muß ja auch in dem Ordner der Weltordnung etwas Seelenverwandtes entsprechen; der Verkehr der Seele mit jener obersten Entsprechung ist ja der eigentliche Zünder der tiefgeheimen Dankesregungen, mit denen die Menschenseele beständig aller Glücksgaben inne wird. Der Kreator kann nicht weniger sein als die Kreatur. Die Hinwendung auch ins Überweltliche gehört zur eigentlichen Erfüllung höheren Weltglücks. Jenes Dankgefühl kann sich nicht an eine bloße Gesetzesmacht der Natur wenden.

Es dürfen die Grundbegriffe des Guten, nämlich Gerechtigkeit, Redlichkeit, Wahrhaftigkeit, Menschlichkeit, Treue und Zuverlässigkeit, welche der gesunden Menschennatur eingeboren sind, keinen anderen Rücksichten untergeordnet werden, auch wenn diese Unterordnung noch so gut gemeint scheint und im Namen von etwas Gutem geschieht; auch hier besteht keine Grenze zwischen Privatleben und Gemeinschaftsleben.

Bleibe nicht unterhalb des höchsten Glaubens, dessen du fähig bist!

Der Himmel würde seine Heiligkeit verlieren, von der die Seele lebt, wenn er einer Lüge oder Halblüge oder anderen Niedertracht im Großen, also im politischen Leben, seinen Segen erteilte, — nämlich dauern-

den Heilserfolg für das Gesamtwohl schenkte, — den er anerkanntermaßen der Lüge und Niedertracht im Kleinen versagt. Wer könnte in tiefster Not solchem Himmel vertrauen, dessen Plan moralische Weltordnung im Kleinen mit moralischer Welt-Unordnung im Großen wechseln ließe!

Der Genauigkeitsgeist half den Kreiselkompaß und die Chronometerkammer erschaffen, welche den Gang der Schiffe durch sternenlose oder gestirnte Dunkelheit leiten. Sternforscher berechnen den Gang der Gestirne über hundert Jahre voraus mit solcher Genauigkeit, daß das Eintreffen des Berechneten nur um den Bruchteil der Minute schwankt. Die von der Technik und Wissenschaft umgeschaffene Menschheit kann sich ihre alten Lügen- und Ungenauigkeitsgepflogenheiten im menschlichen Zusammenleben nicht mehr leisten; sie kann es sich nicht mehr leisten, feinste und schwierigste Angelegenheiten des Gemeinschaftslebens im Kleinen und Großen der häufigen Gewohnheit fahrlässiger oder bewußter Lüge und Ungenauigkeit, des zielbewußten Verschweigens, — oder einer Schlamperei der Aussage, Beobachtung und Deutung weiter zu überlassen, — die, auf technische und wirtschaftliche Aufgaben angewandt, dort sicher zum Fiasko führen würde. Ingenieuren würden die Kraftmaschinen um die Ohren fliegen, Kranke sich medizinvergiftet winden, — Schiffe auf Klippen geraten und Eisenbahnen zusammenstoßen. Wir wissen um die entscheidende Wichtigkeit der Asepsis bei der Wundbehandlung, gehen aber in der Menschenbehandlung und «Wundpflege» mit der gefährlichen

Vergiftung durch Lüge, Übertreibung und Ungenauigkeit um wie in altmodischer Ahnungslosigkeit aus Kindbettfieberzeiten.

Es springen fortwährend Milliarden Funken wechselseitig aus dem täglichen Dasein ins grenzenlose politische Leben über und von dort zurück in den Alltag des Menschen. Eine Grenze besteht nicht.

Nichts kann man religiös genug ansehen. Nur ein strahlender Glaube an den höchsten Sinn der Welt und Überwelt lockt auf rechte Wege der Leidensüberwindung. Ruhiger Sinn arbeitet mit zu kurzen Hebeln. Man muß ganz hinweg aus dem naiven Ichgefühl, muß das «Ich» als Organ eines fremden, unergründlichen «Du» erkennen. Man lebt nicht, – man wird gelebt.

Pauschalverdammungen und Pauschalabneigungen gehören zum größten Hemmnis der Kulturentwicklung.

FRÜHLINGSÜBERRASCHUNG DURCHS GANZE LAND

Bienenumsummte Vorfrühlingsblumen unseres Gartens sinken auf lange Tage wieder in lautlosen Schnee, um freigetaut alsbald wieder bienenumsummt weiter zu blühen. Das Auge streifte bei der Schneekälte oft zweifelnd die wohlbekannten Plätze der kleinen verschütteten Lebenswelten. ¶ Welch ein Hin und Her des werdenden Frühlings für Bleibende und Reisende! Aus fortgeschrittenem reichem Frühling des nördlichen Deutschland reist man um die April-Mai-Wende nach Süden hin einem immer zaghafter und winterlicher werdenden Frühling entgegen, – bis schließlich Dotterblumen-durchwachsene Wiesentümpel die tiefverschneiten und wolkenumhangenen Alpenketten spiegelten. ¶ Grünen Nordfrühling im Herzen, findet man oben an Alpenhängen noch Schneeschuh-Wettspiele, von ersten Blüten der freigetauten Südhänge geschmückt, – lebt in einer Woche beiläufig mehrere Frühlingsleben nebeneinander, ja übereinander als Bürger verschiedener Zonen. Das ganze große Land scheint jubilierend mit hundert abgetrennten Einzelchören in oft unterbrochenen Generalproben unermüdlich den Frühling zu üben. ¶ Aus Enzian- und Primelwiesen blickt man aufatmend empor: Im großen Felsenkessel unterm höchsten deutschen Berg schneit es trotz Wonnemond, – und durch die stöbernden Schneeschleier sieht man die weißen Riffelungen der Wände, Geäder der Wasserrinnsale und Terrassen. Ein Maisonnenstreif fällt auf die höchsten Grate und hebt alles in eine Apotheose von

Glanz und Silber und blendendem Schmelz. ⁋ Auf nahe Entfernung blauen schon alle Fichtenwälder unter Wolkenschatten. Aus einer Orgie von dunkelblauem Samt und dumpfem Kupfer steigt rings über blau- und goldgestickten Wiesenteppichen und riesigen schwarzen Winterwipfeln die Schnee- und Felsenwelt auf. Niedere Wiesen stehen im Zimbelklang von Tausenden blaßgelber gebückter Primeln, durchwirkt von den Fagott-Tönen der Sumpfdotterblumen. ⁋ Das Blau des Frühlingsenzians bricht im Maibeginn am frühesten an winterfahlen Wiesenmatten hervor, ehe noch der volle Bergfrühling erwacht; schon auf hundert Schritt sieht man die Einzelpflanzen. Enzian ist mehr als eine blaue Blume, diese blaue Kokarde des Alpengeheimnisses, das schon zu den Sternen hinüberwinkt und sich lockend und drohend in der Himmelsblume spiegelt. Jeder Quadratmeter Wiesenboden ist hier enzianträchtig bis an die Mauern der Friedhöfe, wo Menschen dieser Erde mit Gesang zurückgebettet werden in einen Boden, der Enzianaugen zu Schneefirnen aufschlägt.

MOMENTAUFNAHMEN IM APRIL

Die Nachtigall, jüngst hier wieder beim Nachtgewitter eingetroffen, sang heute abend ganz plötzlich im Rankenwerk dicht vor meinem offenen Lampenfenster, kaum einen Schritt entfernt. Der Wundersang dauerte ohne Unterbrechung eine halbe Stunde lang, kam auf immer neue Wendungen, wiederholte sich keinen Augenblick. ❡ Bei einer Pause fragte ich die Weitgereiste, wo sie denn am liebsten sei: «Da, wo ich geboren bin, – in deinem Garten.»

Am warmen Spätnachmittag erschienen plötzlich sommerliche Turmgewölke in altem, mattem, verschossenem Gold, wie schnell hervorgeholte Requisiten aus Resten des Vorjahres, und krönten das noch winterfahle, kupferviolette Waldhügelchen. Hellgrüne Geäder liefen durchs Waldinnere, das der Specht mit gellendem Gelächter füllte.

Man wacht vom ersten Amselsang bei Sonnenaufgang im Haus am Waldsee auf und sieht auf der fernen blaßblaugrünen Seeglätte das Wassergeflügel seine feuergoldenen Kreise ziehen. Und sieht beim zweiten Erwachen die weite Seefläche perlmutterfarben werden und dahinein vom Wassergeflügel grellgrüne Runen geschrieben, die ihr Grün einem gespiegelten Wiesensaum danken.

Zu jeder Tageszeit singen die Vögel anders. Der allererste taufrische, atemlose Frühgesang dringt wie aus seligem Staunen, daß noch einmal wieder Licht ward! Er dringt in den Halbschlaf, ohne uns zu wekken, — liegt uns wie heiliger Tau im Blute. ¶ Wenn die Sonne nicht mehr rötlich ist, hallt das Vogelgeruf durch die Gärten wie das gleichmäßige laute Stimmengewirr einer Festgesellschaft, die schon lange beisammen ist; nachher ist's oft wie ein silbernes Kichern auf der anderen Hausseite, während hier oben die Amsel halb zerstreut ihren seltsamen Sermon abbetet, vom Echo eines zweiten Amselgesangs aus hoher Ferne umklungen.

Bleibe nur nicht den ganzen Frühling immer in derselben Landschaft! ¶ Aus wildduftendem Strandröhricht und feuchtem Uferwalddickicht, durchlagert von morschen, zerschlissenen Winterresten, über denen die grüne Flamme des Frühlings schwebt, führt der Waldpfad, umhallt vom Abendgeruf der Wasser- und Landvögel, an Dotterblumentümpeln des lichten Waldinnern vorüber auf eine alte Schwarzpappel zu. Nur ein Stück ihres schwarzrissigen Stammes ist sichtbar, hinter dem der aufgehende Vollmond mit goldenem Dunstkreis milde im Dämmerblau glüht, während oben aus ihrem hohen Wipfel die seltsamste aller abendlichen Vogelstimmen erklingt, — der Sang der hellgrauen Wilddrossel, der trunken erfüllt scheint von wild-schaurigem Frühlingsgeheimnis.

AUS GESPRÄCHEN ÜBER KRANKHEIT

Krankheiten sind so völlig verschiedenartig, daß Worte, die sich an diesen dichtesten Teil menschlicher Leiden wenden wollen, nicht für alle Krankheiten zutreffen können. Nur eine umfassende seelsorgerische Erfahrung eines halben Lebens wäre der Aufgabe gewachsen. Es darf uns aber nichts hindern, aus dem Verkehr mit eigener und fremder Krankheit Beiträge zu wagen.

Krankheit ist nicht nur tragische Hemmung und Entwaffnung, sondern auch Staubecken und Kraftwerk, Quelle magischer Geistesmächte, die in unbekannte Ströme münden. «Gottes Kraft ist in dem Schwachen mächtig.» ❡ Aus der Krankheit führen erstaunliche blumengesäumte Wege von Seele zu Seele. Leiden sind zum Händereichen da. Schicksale und Verhängnisse, die andere hohe Erdenwege verriegeln, entriegeln oft Wege zum Nächsten und öffnen Pforten ins Freiere. ❡ Ströme überwindender, aber auch blühender Heiterkeit und Glücksgesinnung gehen oft von Krankheitserweckten in die Welt und helfen auch die Pfade umdunkelter Seelen in gesunden Körpern erhellen.

Wie schwächlich und lebensfern, ja unbewußt hochmütig stellen sich viele sonst gar nicht altmodische Leute in ihren gesunden Zeiten zu dem Phänomen Krankheit. Unvorstellbar sind Krankheit und Gesundheit verflochten und ständig aufeinander angewiesen. Ganz unberührt aber von dem Wissen um den höheren Weltsinn und die weitstrahlende Wirkung von Krankheiten und körperlichen Beschwerden sind meist die Gedanken der Gesünderen. Auch liegt es ihnen fern, daran zu denken, wie viele verborgene Krankheit, Kränklichkeit und Gebrechlichkeit sich weit umher auch in scheinbar gesunden, aber tätigen Menschen birgt, — oder welche Fülle ewiger Werke, die Generationen gesunder Menschen überdauern, von jeher im Kampf mit Leiden durchaus noch hervorgebracht wurde!

Verkenne nicht die Untergründe der Klage: der körperlich Leidende, der beständig erst verborgene Gruben zuschütten muß, wo andere gleich Berge aufrichten können, drängt heraus aus seinen abgetrennten Einsamkeiten. Er möchte die Strahlen eines entwirrenden Lichtes in die dunklen Schlüfte der Ungeheuerlichkeiten seines Schicksals leuchten lassen. Vielleicht drang noch kein Hauch großartiger Kameradschaftlichkeit hinab! Oft bedenkt der Leidende in seinem Wunsch nach Mitempfinden einer anderen Seele nicht, daß der Mitleidende es gar nicht wagt, die wahre Tiefe seines wissenden Mitleids offenbar werden zu lassen. Der Mitleidende mag wohl zuweilen noch tiefer mit dem Leidenden fühlen als dieser selber mit sich und seinem Leid. ¶ Welch Lebensbrot erhofft der Mensch vom Menschen!

Eine Hauptweisung ist es in Krankheitszeiten, sich von ihren körperlichen Stimmungen nicht seelisch, philosophisch, ja auch weltanschaulich mißleiten zu lassen. Es ist also nötig, hier immer wieder mit trügerischen Umfärbungen zu rechnen. ¶ Zur eigentlichen Erhebung gehört aber ein gewisses Minimum von Kraft. Wenn es noch nicht da ist, so verhält man sich am besten abwartend, ohne sich auf einen unmittelbaren Kampf mit Leidensverdüsterungen einzulassen, — weil da sozusagen unredliche Gegner am Werk sind, die man unbeachtet stehen lassen soll wie zudringliche Händler und Wechsler an zugiger Straßenecke.

Kommt man nach Genesungszeiten wieder einmal in die Räume zurück, in denen man lange krank lag, dann kleben an allen Zimmer- und Korridorwänden noch die alten, trügerischen Melancholien. «Die verfluchte Tapete!» — ¶ Wichtig aber bleibt es immer, Krankheitsstimmungen mittelbar zu begegnen, — vor allem durch die vielen Möglichkeiten der Zerstreuung, wie auch der geistigen Ernährung und Erfrischung, — also durch die Abkehr von aller nicht unbedingt gebotenen Zurückgezogenheit, weil diese sonst allmählich wie ein Vergrößerungsglas auf die Leidensgefühle wirkt, — ja fast wie ein Brennglas.

Trotz mancher Ohnmacht des Wortes für schwerste Krankheit wäre es möglich und notwendig, ein Sammelbuch der Seelsorge zu schaffen: «Gesunde Gedanken für Kranke und deren Umgebung», das eine

Welt heller Hilfsgedanken und nützlicher seelischer Erfahrungen enthalten könnte, — so etwa den Rat, manche Schwerkranke leise zu beeinflussen, daß sie sich nicht als Ausnahmeobjekt des Schicksals ansehen, sondern sich mit Millionen Leidender in Reih und Glied fühlen, — auch wenn sie in den Bitterkeiten langen Krankheitsganges durch Jahrzehnte hindurch stehen und endlos mit dem undurchdringlichen Spiel wechselnder Besserungen und Verschlimmerungen durch harmlose Umstände zu kämpfen haben.

Ebenso nötig aber und eine Frage allgemeinen menschlichen Heils bleibt es, daß körperlich Gesunde zum Besten ihrer seelischen Gesundheit einer wahren Fühlung mit körperlichen Leidensschicksalen fähig sind oder werden und diese Fühlung spüren lassen können. ¶ Ohne den Glauben an eine überweltliche Lenkung der Welt fühlt sich der Leidende verraten und verkauft; er versagt seiner Seele und seinem Körper Grundlagen der Genesung und Gesundheit.

Die meisten von uns glauben beim anderen nicht leicht an Tragik; sie wollen sie einfach nicht wahrhaben, — der andere «redet sie sich nur ein und sitzt im Gefängnis mit offener Tür, das arme dumme Luder». ¶ Nur Helfen hilft. Dies ist der Stern des Lebens. Alles Licht muß Wärme werden, sonst bescheint es Trümmer.

Das große Ziel des Erdenlebens ist es, immer feiner erschütterbar zu werden und allen Erschütterungen immer unerschütterlicher gewachsen zu sein.

Der höchste Glaube an die Welt und Überwelt, dessen wir fähig sind, sollte unser Tun und Denken leiten.

Der Raum, der gigantische Verschwender, der göttlich lachende, tobende Gegenspieler der unergründlichen Gottheit Zeit mit dem verhüllten Antlitz, ihr untrennbar verflochten bis in jeden Ton, der durch die Welt hallt, musiziert auf ein paar großen Hauptinstrumenten. ¶ Das erste ist das Instrument des gebauten Raumes. Vor der Partitur stehen verschiedene Vorzeichen, darunter das Mysterium der Wohnlichkeit und das der kultischen Erhabenheit. Weiter spielt der Raum auf dem vielartigen Instrument des Gartens, der Landschaftsherrlichkeit und der Wasserweite, des Waldinnern, des Wolkenhimmels und des Sternengewölbes. ¶ Die Wolken gehören oft zu seinen mächtigsten Instrumenten. Riesengewölke schaffen Raumbilder von so abgründiger Fremdheit und Majestät, als seien sie Hochgebirgsanblicke fremder Erdteile. Schwelgend bauen sich die Gestaltenreigen ins Unendliche hin und nehmen mit ihrer visionären Raummusik unserer Erdenwohnung etwas von der Gültigkeit ihrer Grenzen.

Die alte Landschaft, in der wir schon Jahrzehnte leben, hört nicht auf, leise Fremdschauer über Gewohntes ziehen zu lassen. Sie ist die Stätte wachsender Überraschungen jeder Art und ohne Ende, darunter auch immer neuer Raumüberraschungen. Das reicht von der Milchstraße herab bis in jeden kleinen neueingerichteten Wohnungswinkel; ja, das hohe Mysterium der Wohnlichkeit scheint uns oft wie eine

Zaubergondel von den Sternen herabzuhängen. Diese traumhaften Asyle und Ruhenester des Geistes werden immer wunderbarer ausgebaut und gewinnen höhere Kraft, die Wohnlichkeit ganzer Landschaften, ja des Weltalls selber zu steigern. ¶ Um dies aber zu erleben, muß man auf dem Lande, nicht in der Stadt wohnen; denn alles im Hause ist eng verknüpft mit der Lage zum Garten oder Landschaftsraum und auch zum Gang der Gestirne über Wald und Hügel. ¶ Das altgewohnte Landhäuschen erweist sich bis in jedes kleine Zimmer als unerschöpft in der Entfaltung von Raum- und Wohnlichkeitsreizen. Die neue Standlampe im Bauernzimmer über dem kleinen Tisch vor der breiten Eckbank oder die Aufhellung des Bodens durch den rhythmisch gemusterten Strohteppich — das alles holt ungeahnte Raumkräfte aus dem Zimmer und schafft abendliche Leseplätze von schönster Sammlungskraft. Wäre der Tisch etwas höher oder niedriger, kleiner oder größer, so träte eine wunderliche Raumentzauberung ein. Warum hast du die Lampe dort noch brennen lassen? ¶ Die Welt ist in Wirklichkeit völlig durchgeistigt. Alles bis ins kleinste wird von erstaunlichen Prinzipien und Forderungen regiert.

Das Haus liegt erhöht im Garten, wozu die Aushuberde des Kellers genügte. Von der kleinen Wohnterrasse führen ein paar Stufen in das eingesenkte Gärtchen, das ein Wasserrosen-Becken noch vertieft. Der Blick vom Wohnraum her vertieft sich gern in das versenkte Gärtchen. Erlöse doch die Bodenfläche deines Gartens ganz von aller Flachheit, — ein unersetzlich starkes Mittel, den Gartenreichtum unserer Zeiten zu entfalten und zu bändigen. ¶ Im frühen Sommer wird der Garten von dem Blau des Rittersporns rings auf den Terrassenbeeten geweitet, einem Blau, das die verlöschenden Schwertlilienkränze im Ufergarten überglänzt und seinen Gegenspieler jetzt im bunten Flor der Zwergseerosen findet. Im Winter liegt's da vor den Fenstern wie eine Gartenverherrlichung des verschneiten Raums, die aber manchmal bei Mondlicht, von den oberen Zimmern des Hauses gesehen, in einer fast maßstablosen Entrücktheit abseits aller Begriffe von Garten und Landschaft zu leben scheint. ¶ Man geht in tiefer Nacht durch blaue Wohnräume und blickt betroffen zwischen beschlagenen mondglitzernden Scheiben in die rätselhafte Schönheit der gebändigten Schneewildnis hinab, die da regungslos im Banne fremder Allgewalt des hohen Mondscheins liegt, wie völlig entglitten jeder Macht des nächtlichen Betrachters, der hier doch seinen Garten schuf. ¶ Und dann unter dem Stichwort «Herbst» scheint der Garten wieder einzig nur komponiert, um leise Orgelmusik der Räume aus schwebenden Herbstfarben, aus glückbeladenen Schatten der Gesträuche und verklärten Stufen blühender Stockwerke hervorzubringen und wunderbar in blaudurchglänzter Morgenluft zu schwelgen. So weit ein Waldhorn hallt, sind uns selbst nahe waldige Hügel immer noch durchwirkt von ungekannten Hängen, Lichtungen und Waldgezelten in verworrenen Strophenfolgen. All diese Räume sind viel größer, als man denkt. Einst gab's am Waldrande vor der kleinen Wiesenlichtung ein großes Fest von ungezählten Menschen – der grüne Riesensaal umfaßte spielend das Gedränge. ¶ Nach Jahren steigt man wieder auf die Türme der Nachbarstadt und ihres alten Königsparks und blickt mit frischen Schauern über blaue Seen und Wälder, die alle noch ganz anders zueinander liegen als geglaubt. Was für kupfergrüne Kuppeln wachsen dort aus Wälderfluten? Ist so viel Heimat rings von Wald erfüllt? — Die Arbeit bannte Jahr für Jahr so sehr an Haus und Garten. ¶ Und schon am Horizonte drüben greift das bekannte Land in Meeresweiten ungekannter Nachbarräume. Wie nah reicht nie betretene, wunderliche Fremde an die vertraute, langbewohnte Gegend. Oft macht das Unbetretene uns leisen Vorwurf: «Eher fandest du den Weg nach Rom, als uns ans Herz zu nehmen . . .»

Die Heimatkarte hat noch überall viel weiße Flächen, nah und fern — und wunderlich ist Unbekanntes und Bekanntes hier mit Inseln und mit Buchten tief verzahnt. ¶ Jahrelang blickte ein einziger fernblauer und halbwaldiger Hügelkamm erwartungsvoll in unsern Garten. Wir starrten dort hinüber wie in ein bloßes Bild. Ein neugefundener und bequemer Weg verlockte endlich auf die kleine blaue Hügelwarte, — von der wir nun, zurückgewandt, ein wundervolles Wasserrund erblickten, an dessen sanft geschwungenen Horizonten wir nach langem Suchen unser Landhaus winzig und verloren liegen sahen. Seltsam, daß mein Haus dort steht. Niemand weiß recht, wo er wohnt. ¶ Gespannt durchschreitet man mit wenig Schritten die Weite dieser Uferhügellehnen und blickt verwundert wie in einem Wunschtraum um sich: das alles hier war gar nicht zu verlangen, zu erwarten, und niemand sprach uns je von diesen einprägsamen Räumen. Wortführer sind nur Kiebitz, Frosch und Wasservogel. ¶ Wieder gab's zu staunen, welche fremden Welten wir in unserer Nähe hatten, ohne es zu wissen oder im Gefühl zu tragen. Unergründlich und auf immer neue Weise greifen Fremdheit und Vertrautheit ineinander.

Und auf den Wassern der schönen nachbarlichen See- und Stromwelt führt uns Schiff und Boot durch Landschaftsüberraschung ohne Ende, — und selbst durch fünfzig Lebensjahre hin verstreute Wiederholung heimatlicher Wasserfreuden in den wechselvollen Räumen macht sie uns nur immer reicher und erstaunlicher. ¶ Im dunstigen Glanz des späten Sommers etwa schwebt man an dunkelgrünen Hochwaldufern mit üppigem, fast tropischem Baumwuchs vorbei und blickt geblendet über seidne Wasser in die blauen Räume des vielgeliebten großen Sees, der nun von Glanz und Dunst der Ferne so fremd und rätselhaft geweitet wird, daß uns beim Anblick letzter duftversunkener Hügelsäume der Gedanke trifft, ob das, was hier in unserer nahen Welt gewißlich wahr ist, auch wahr ist durch den großen Erdraum hin bis in die Schauer seiner Fernen! ¶ Wohin man auch sieht: alles schenkt dem Auge leise Schätze der Beglückung, die sich nirgends wiederholen und sich wohl im Wasser, selten doch im Worte spiegeln.

Manch ein Idyll der heimatlichen Ufer rührt an Visionen aus der großen Reisewelt in andern Zonen.

So prägen ein paar Baumgestalten den schmalen Zipfel einer oft genannten Insel, als wäre er der letzte Küstenvorsprung eines Erdteils: so lieben wir den «Abendblick nach Singapur» von der alten Brücke aus. ❡ Auch ein Stück romantischer Historie scheint in manchem Strandgefilde still zu warten oder nachzuträumen. ❡ Abgelegene und verschlafne Einsamkeiten ziehn vorüber. Die Wassernähe nimmt den Siedlungen die Weltverlorenheit; sie rückt die Menschen näher aneinander. Das Leben auf dem See und Strom scheint alle wie mit einer Wasserkameradschaft zu umschließen.

Man kann in seiner schönen Landheimat nicht früh genug recht viel «entdecken», hierbei den Kreis nicht eng bemessend, damit sich alles lange auswirkt, unser Leben zu beglänzen. Der Glanz vermag uns Schicksalswelten stürmischer Jahrzehnte zu umleuchten! Und jede schöne Neuentdeckung in der heimatlichen Landschaftswelt steigert noch die Mystik ihrer Macht und Raumgewalt. ❡ Und wieder wanderst du, nach langem Leben in scheinbar so vertrauter Welt, auf neugefundenem Wege wie im Halbtraum hin durch alte Wälder hoher Uferhügel, vorbei an Pilz und Farn, und siehst durch Kupferäste alter Kiefernkronen hinab auf unbekannte blaue Waldseebuchten. Luftschauer oder Seglerspuren rühren fernhin in der Spiegelglätte zartgetönte Silberrunen auf wie eingelegte Kostbarkeiten. ❡ Verwundert blickt man in der Heimatfremde weit umher und fühlt sich nur als flücht'gen Gast der ungeheuren Erdenwelt.

Unvergeßbar sind die Flugzeugfahrten in der großen Höhe über wohlbekannte Heimatlande hin! ¶ Das riesenhafte Erdenrund, von Wolken halb verhangen, bleibt auch im Dämmerschein weithin und in der Tiefe reich durchwirkt mit immer neuen Spiegelscheinen der Flüsse und der großen Seen, — und plötzlich dann vom abendlichen Feuerzauber und Geblitze ihrer Uferstädte. Wer sprach uns je vom Zauber solcher Riesenbilder? ¶ Wir sinken freudig wieder erdenwärts und tun dort die anderen, nicht weniger großen Flüge. —

Der erste Morgengang in heiliger Gartenfrühe ist immer wieder ein erster Gang im Paradies, – kein Morgen gleicht dem andern. Der eine ist behaglich-heimatstill, ein Ludwig-Richter'scher Morgen, – der andere von feierlicher, verzehrender Schönheit, als hätten Mozart und alle Musen an seiner Wiege gestanden. Einer ist uranfänglich wie ein Schöpfungsmorgen, ein anderer wunderlich zerstreut wie nach ungeklärten Wetterkämpfen, die der Welt den tiefen Schlaf kosteten.

An manchen silbergrauen, etwas aufklärenden Morgen sieht man jetzt Menschen in geheimnisvoller, über den Frühling hinausgreifender Fröhlichkeit. Die Luft ist tagelang seidenweich wie Sahne oder wie Stiefmütterchensammet, voll unerklärlicher schwebender und wechselnder Würze.

Wer hat denn die alte Eiche im Mai besungen? ¶ Unser Weg führte heute an großen «Unbesungenheiten» vorbei. Das alte eherne Baumgebilde war durch die zauberisch lotrecht abhängenden goldgrünen Blütentroddeln jedes Zweiges und Zweigleins zu einer merkwürdig reichen und doch zarten Leichtheit ausgewogen, die man der Eiche nicht vergessen kann. Mit keinen Mitteln hätte man das schwere Liniengerüst besser ins Tänzerische und Beschwingte hinüberretten, so um ihr Gegenspiel bereichern können, als durch diese Blütengehänge. – Niemand hat's gemalt, bedichtet oder jemals der Eiche angerechnet . . .

Die Nachtigall schwieg zwei Tage lang besorgniserregend, – heut aber begann wieder ihr Geschmetter, das immer hallt wie im Hochwald. Man bleibt beständig neugierig, wie's weitergeht. ❡ Treten Besucher in unsern Garten, in dem sie grade singt, so tut man, als wäre das selbstverständlich, und blickt schlicht.

Man muß in erster Morgensonne beim erregenden, taufrischen Frühgesang der Vögel an die Schwertlilienpflanzungen herantreten, wenn die regungslosen, tief ausgeruhten Blütenherrlichkeiten alle noch von Tau funkeln. ❡ Die schönsten Blumen unserer Tage könnten wohl der Frühlingsgottheit selber imponieren; auch der Zwischenschöpfer Mensch steht oft fast beklommen vor dem Adel «seiner Geschöpfe» – wie vor Gebilden von Engelshand geformt.

Das wilde abgelegene Tal war ganz erfüllt von den stotternden Strophen des Wilddrosselgesanges. Das Ohr lauschte wie in eine Vorweltlandschaft hinaus, – als sei die Welt erst wildem Urwerden hingegeben, aus dem noch keine Gottgefühle empordrangen. Aber dem unsichtbar schlummernden Geheimnis Mensch und Geist schien dieser hallende Wildgesang schon traumhaft ahnungsvoll hingewandt.

Gartenlosigkeit läßt sich in eine falsche Daseinsanschauung und Lebensweise gleiten. Der nahe Verkehr mit dem Pflanzenwesen aber schließt unsern Sinn auch für das Pflanzen- und Blumenhafte im Mitmenschen auf, für die verborgenen Reize der Mitempfindung mit ihm und mit den Voraussetzungen seiner Blühwilligkeit, — enthält aber auch mancherlei Schutz gegen Dornen des Menschenumgangs.

Reiseziele sinken in Vergessenheit, — Wegrandblumen blühen unsterblich.

Gemeinsamkeit der Naturfreude auf Reisen und Wanderungen ist für die Familie meist nur auf Feierstunden und Ferien beschränkt. Aber gemeinsame Naturfreude am Garten erfüllt tausendstündige Breiten des Alltagslebens. In diesen Sphären gemeinsamen Erlebens, nämlich in der Familie, beeinflussen sich die einzelnen Personen und alle Lebensalter und Geschlechter besonders tief. Es entsteht sozusagen ein familienstereoskopisches Schauen in die Natur; und hierdurch wieder dringen unbeschreibliche Bewegungen in die Beziehungen der Wesen zueinander.

Wer seine ganze Lebensarbeit der blauen Blume, ja nur der schönsten unter ihnen, dem Rittersporn, verschreiben wollte, sähe sich am Ende eines neunzigjährigen Lebens noch vor blauer Unendlichkeit der Aufgaben.

Gespannt liegt die Wildnisblume auf der Lauer, daß sich das wunderbare Augenpaar über sie neigt, um aus der Raupe den Falter zu locken. Halb im Traum ergreift der Abenteurer Mensch den Zauberstab, der den Gang der Blumen lenkt.

Im Gartenleben unserer Tage geht der Mensch, der wildschweifende, eine neue abenteuerliche Ehe mit der Natur ein.

Wenn ich noch einmal auf die Welt komme, werde ich wieder Gärtner und das nächste Mal auch noch. Denn für ein einziges Leben war dieser Beruf zu groß.

Saturn, der Zeitengott, lockert Fesseln und teilt Freiheitsgeschenke aus, wenn Blütezeiten schöner Gartenpflanzen verfrüht, verspätet, verlängert werden.

Nur krankhafte Ausdauer macht gesund und froh.

Das höchste Leben der Menschennatur, das auch der unsichtbaren Welt Altäre baut, vermag ohne Verbindung mit der Gartenentfaltung unserer Zeit nicht zu ahnen, welcher Zuwachs ihm von dort zuteil wird.¶ Der Garten unserer Tage ist eine Drehbühne endlos wechselnder Bilder geworden, — ein Reigenspiel des großen Schon und Noch, in das beständig unerwarte-

tes Schon und Noch dringt und auf alle Weise unser tägliches Leben mit buntem Gartenschein umglänzt. ¶ *Durch neues Leben mit Pflanzen und Garten finden wir uns mit unserm Dasein und dem unserer Mitmenschen in die vorwärts drängende Frische und Fülle des Naturganzen versponnen, — beständig umgeben von der aufwärts lockenden Kraft gesteigerter Festgestalten der Natur.*

Die Gartenblume erweist sich als größerer Pionier eines neuen Verhältnisses zwischen Seele und Welt, als wir ahnen. Es gehen unvorstellbare Wirkungen von Gärten und Blumen aus.

Ich glaube, daß der Gärtnerberuf ebenbürtig den vornehmsten und auch geistanspannendsten Betätigungen des Menschen ist. Er kann der vielseitigste aller Menschenberufe sein.

JUPITER-NÄHE

SELTENE KONSTELLATION

Wenn man jetzt in aller Frühe den ersten kaum merklichen Schein des Ost-Nachthimmels spürt und hoch emporsieht, – da steht er, der Jupiter, der herrliche! Schlummerlos zieht das seine Bahn, das Riesenfeuer, – welch eine Einrichtung dies alles, – welch ein Plan! ¶ Und wenn man dann in den allerersten nachtgetränkten, ganz leise erblauenden Morgenschein blickt und das ungeheure Geheimnis der Zukunft, der taufrisch und gespannt wartenden, an uns gewandt sieht, – dann weiß man, daß dies nicht bloß auf Wiederholung des Bisherigen, sondern auf etwas Neues und seine Verwirklichung gestellt ist. Die Zukunft wartet nicht auf uns als ebene Straße, sondern als ansteigende Terrasse, deren Stufen unsere Tage bilden sollen. ¶ Da blitzt wie eine Krone dort oben das Jupiterlicht in unermessener Feierlichkeit und wartet darauf, etwas zu krönen. ¶ Bis ins Alter ist das Leben als aufsteigende Linie gedacht. Steigerung innen und außen, – das ist das große Stichwort unserer Sternensphäre.

Was auch der göttliche Heilsplan jetzt oder dereinst mit den Erdendingen vorhaben mag, – es dient unserer Bestimmung, uns in ihm geborgen zu wissen.

Geliebte Dahingegangene, – sie sanken zurück in die Wundertiefe, der sie entstammen und der wir sie zurechnen müssen. Nie zu beschreiben ist der Nachklang: ein Abgrund von Einmaligkeit der Trauer. Kostbare tragende Paladine des Weltgeheimnisses bleiben sie für unser Weiterleben.

Was will die Natur damit entwirren und ordnen, daß sie tausendfaches Erinnern oft so verworren in uns weiterleben läßt? Warum läßt sie all das schwerdurchdringliche Vergangenheitsgeschehen von unserm Herzblut trinken und lockt uns fort und fort, uns über das Gewesene zu neigen, das nicht versinken kann, – obwohl sie doch will und befiehlt, daß wir uns immer wie neugeboren mit aller Kraft nach vorne neigen?!

«Ich habe mit meinen Werken» – das sind Beethovens Worte – «einer künftigen Kultur der Menschheit eine neue Sinnengrundlage geben wollen.» ¶ Diese Musik wirkt ihrem Urwesen nach lockender und verheißungsvoller in unser Gefühl für die Menschheitszukunft hinein als irgendeine Musik der Erde; wir nehmen durch sie schon dunkel-feurigen Anteil an kommenden Schöpfungsperioden des Menschengeistes auf Erden, der nach Goethes Wort «ein Wurf ist nach anderen höheren Dingen» – und der bis in die feinsten Grundfesten seiner zerebralen und leiblichen Organisation schon geschaffen ist, zwangsläufig über sich emporzuwachsen.

Sterne, wohin zielt euer feierliches Schweigen? Welch unergründlichem Geheimnis liegt ihr zu Füßen, das dennoch unsern Geist unwiderstehlich vorwärts drängt, es mittelbar auf alle Weisen zu ergründen? ¶ Das große Leuchten droben findet immer bewegteren Empfang auf diesem Erdenstern; denn uns öffnet sich im Himmel und auf Erden von einem Zeitalter zum anderen, von einem Jahrzehnt zum nächsten, ein Weltbild von wachsender Großartigkeit. ¶ Wir wissen schon um grenzenlose Überraschung ohne Ende auf diesem hohen Wandel- und Verwandlungsstern.

Farbe ist wie eine Glückshaut der Erscheinungen, abenteuerliche Botschaft aus Wesenheiten, die dahinter stehen. Manchmal scheint die göttliche Farbigkeit dieser Erdenwelt wie ein millionenfältiges Nachglühen und Weiterphosphoreszieren der Urfeuer, die ihre Glutschmiedearbeit getan und nun in leise, selige Glücksbrände übergingen, die im Bunde mit Unnennbarem stehen. ¶ Der Glücksbrand kennt keine Grenzen der Mannigfaltigkeit und Stärke. In Blumen scheint er am seligsten und hat sich unserer Hand anvertraut, um immer tiefer und unnennbarer zu werden. Blumen sind himmlisch-irdische Verwalter unseres Farbenglücks und seine eifrigsten Erweiterer und Schrittmacher.

Schönheit ist unersetzliche raum- und zeitbeherrschende Trägerin der Fernwirkung geistig-persönlicher und auch weltgeschichtlicher Geheimnisse —

und zwar im Kleinen wie im Großen. Denke dir den Parthenon, Sanssouci, das Straßburger Münster oder das indische Grabmal Tadj Mahal aus ihren Ländern und Zeiten fort! ¶ So fühlen wir Gartenmenschen und drängenden Helfer zum Gartenfortschritt und zur Durchdringung unserer Welt mit edelsten Pflanzenschätzen uns nicht nur als freundliches Luxusanhängsel der Kultur, sondern als Miterfüller der innersten Sendung des Menschenwesens.

GARTENBÄUME

Wir brauchen im Garten, am Hause oder in nächster Nachbarschaft ein paar alte Bäume, wenn unser tägliches Lebensgefühl nicht unter seiner natürlichen Höhe und Kraft bleiben soll. Ein Haus liebt Nachbarschaft von Bäumen, damit Penaten und Dryaden fröhlich durcheinander wimmeln. ¶ Es warten auch auf kleinere Gartenräume viele kleinbleibende Gehölze mit früh beginnendem Altersreiz. Jedes Baumalter schenkt andere Freuden. ¶ Bäume im Garten, die wir selber erst in der Mitte unseres Lebens pflanzten, umgeben unser Dasein im Lauf der Jahrzehnte schon mit einer Fülle erstaunlicher Ausmaße und durchdringen unser Wohngefühl. ¶ Spitzpappel oder Trauerweide aus dem vierzigsten Lebensjahr des Pflanzenden haben nach vierzig Jahren schon mehr als meterdicken Stammdurchmesser. Die Bäume erreichen Höhen, bei deren Anblick wir uns kaum denken können, daß wir sie pflanzten! ¶ Wie groß bleibt die Rolle der Bäume unserer Umgebung! Sie gleichen abenteuerlichen Schiffsmasten, welche ihre Segel Geisterwinden hinbreiten, die nicht verwehen.

Erst wächst der Baum im Garten langsam, — nachher rast er in Höhen und Breiten, entwächst unsern verwunderten Händen, hilft uns die Himmelsräume unseres Gartens stützen und heben, Vogelsang durch hohe Räume breiten, Kräfte der regungslosen Stille oder bewegten Luft fühlen und uns im Boden verwurzeln und verankern. ¶ Groß ist auch der Rollenwechsel unserer Gartenbäume im Jahres- und Wetterlauf. Kein Gehölz ist hier, das nicht Unverhofftes schenkt. ¶ Was täten die Amseln ohne ihre hohen Chorplätze! Wie schwelgt die frühestgrüne chinesische Simons-Pappel mit ihrer Dschunken-Takelage im Frühlingshauch! Immergrüne Gehölze würzen den Winteranblick Entlaubter, deren Filigrangewirre oder Liniengedichte sich oft mit den Himmelsanblicken dahinter zu Bildern zusammenschließen; sie sind auch die Entfalter der Schneepracht und zugleich Verlängerer des Frühlings.

Zu allen Tagesstunden fällt der Blick immer wieder einmal über alles hinweg ins stille grüne Baumdunkel oder ins sonnendurchfeuerte, rauschende Laubgeschaukel. Manchmal sind wir für den Augenblick so an das Baumleben verloren, daß wir, uns selber halb entschwunden, ganz in das goldgrüne Gewoge eingehen. ¶ Welche Glücksmassen umlagern uns, von niemandem gefeiert! Bis in die Schattenhöhlungen der Zweige spiegelt nasses rotes Laub des Blutahorns düstere oder aufsteigende blaue Himmelsscheine. Dies Farbenspiel wird später noch von scharlachroten Sprossen durchwirkt. Schöneres findest du nicht auf Erden als manchen flüchtigen Anblick deines Gartens, und wenn du um die Welt fährst! ¶ Asien und Afrika können nicht verschiedener sein als Hängebirke, Buche, Scharlacheiche und Lärche oder andere Glücksgedanken der Natur!

Wie tief in Wechselrede mit der Nachbarschaft verflochten, wie schwelgend aufgetan atmen und weben die großen Wesen ihren übermenschlichen Zukunftsweiten entgegen! Sie nehmen unser Leben mit auf ihre Fittiche und machen seine Fragen stiller. ❡ Der alte ortgebannte Baum, der ganz dem Hier gehört, fängt doch die erste Botschaft fernen Wetterwandels auf. Das Wehen des Sommerwindes, zu dem die heiße Stille aufatmet, läßt uns oft horchen, als wäre nicht nur Sommerwind im Spiel. Hoffnungszeichen scheinen mitzuraunen, daß sich ferne Lösungen bereiten. Das Rauschen wächst, und in die Frische mischt sich alsbald die leise Drohung der Unendlichkeit.

Langsam umwandert die glühende Nachmittagssonne das stillgewordene Gezweig. Es ist dann, als habe sich in den großen Lichttrinkern alle Zeit und Kraft der heißen Reifestunden gesammelt, — und nichts sei vorüber und verloren. ❡ Bewegung und Stille überlagern einander unausstaunbar in Stockwerken. Das Leben der Weltenesche Yggdrasil ist aus rasenden Bewegungsreichen gewoben. Jedes von ihnen liegt im Arm eines größeren, und noch das kleinste hat furchtbare Abgründe unter sich. Das scheinbar Ruhende, was umkreist wird, gehorcht höherem Befehl, der wieder seine Botschaften von Stufe zu Stufe niedersinken läßt, bis sie den alten Baum im Nachmittagssonnenschein treffen. ❡ Die Bäume sind eins mit dem Abendschweigen geworden. Langsam sinkt ihr Weben ins Dunkel, von Sternenfeuern überfunkelt. Majestätisch ragen die Wipfel und schauen nach oben. Sie sind ganz still; nur einer liegt in leisem Silberrauschen unterm Sternenglitzern, das Klang geworden scheint.

Vergessen wir nicht: es bleibt nie bloß beim Weitergeben eines Gerüchts, sondern immer treten die Wirkungen aus der Sphäre des Wortes heraus, bringen Taten in Gang oder halten sie auf. Das falsche Gerücht ist ein ungeheurer Wirklichkeitsmacher. Ein großer Teil der Weltgeschichte ist daraus entstanden! Manches Geschehen war nur durch den Zünder der Explosivwirkung eines falschen Gerüchtes, einer Lüge, in Gang zu setzen.

Auch die verhängnisvollen Dinge in der Welt werden von scheinbar harmlosen Quellen gespeist. So kann man sagen, daß Übertreibung und Ungenauigkeit sozialgefährlicher sind als Lüge. Sie liefern die gefährliche tauige Temperatur, in welcher der Schnee sich ballt und rollend zur Lawine wird.

Wie oft nehmen wir eine ungünstige Vermutung für das Verhalten anderer schon wie etwas Erwiesenes in unser Gefühl für sie auf. Dies wird so davon eingefärbt, daß es oft später trotz unbezweifelbarer Gegentatsachen kaum den Rückweg findet.

Die Versuchung zur Unwahrhaftigkeit, zur Ungenauigkeit und all den unendlichen Zwischenformen beider ist die allerdurchdringendste Versuchung, die es gibt. Wenn man die Fülle und Tragweite all dieser Versuchungen zur Leichtgläubigkeit und Urteilsunvorsicht, zu allen Arten der Wahrhaftigkeitsumfärbung und Einsargung durch Verschweigen bedenkt, so möchte man das Prädikat «moralischer Lebenswandel» ganz besonders auf die Haltung des Menschen in dieser Frage beziehen.

Was einem Menschen nicht in seinen Kram hineinpaßt, daß bezweifelt und vergißt er. Was hineinpaßt, behandelt er leichtgläubig und behält es im Gedächtnis.

Nichts ist oft so wehrlos wie der Sachverhalt. Deswegen sind Lüge und Ungenauigkeit neben allem, was sie sonst sind, immer ein Akt der Ungroßmut.

Bete zum Himmel um Stärke in dem Bestreben, nicht mit Bestimmtheit Dinge zu behaupten und zu erzählen, die du nicht ganz bestimmt weißt!

Jede, auch die kleinste Unordnung hat früher oder später Verdachtsgefühle irgendwelcher Art in uns oder gegen uns zur Folge.

Unordnung gefährdet das Elementarste: den Wohlstand, und das Höchste: die Liebe.

Ordnung ist das Festgewand des Alltags. Zur Nacht nicht aufgeräumtes Zimmer scheint morgens nicht recht ausgeruht!

SCHENKFREUDIGSTER DER SOMMERMONATE

Tausend Dinge in uns warten, vom Wetterstundenwandel Gestalt und vom Wechsel Dauer zu empfangen. Wetter und Geist in ihren Höhen spielen ohne Grenzen ineinander. Das Menschenblatt am Weltenbaum spürt immer feinere Botschaft dessen, was Yggdrasil durchwittert.

Wer hat wohl den Sang an den August gefunden, diesen Monat höchster Landschafts=, Himmels= und Gartenfülle!? Kein Kenner kennt ihn aus. ¶ Glut=hitze, Nebelkühle, Sturzregen, Mittagsbläue, feuchte Schwüle, Düsternis und Helle wechseln jetzt wie nie im Jahr. Die Ernte in Fluren und in Gärten füllt diese Wochen reich und drängend. Die Felderräume ste=hen oft noch in Garben, von ihrem goldenen Rhyth=mus großartig geweitet. Ein Tropenklang bricht jetzt in Gärten mit dem erstarkten Tabak, Kürbis, Mais hervor. ¶ Ins Orchester aller Stimmen reifen=den Verklingens schlingen sich die reichen Gegen=melodien neuen Lebens. Es blüht auf Erden immer unerhörter, läßt sich vom Reifen nicht im Blühen stören, — es reift, damit es höher blühen kann. Und über diesem Doppelklang von Farbenbrand, von Sonnenglanz und leiser Wehmut schwebt oft ein Wolkenchor von größerer Herrlichkeit als sonst im ganzen Jahr. Manche Wolkenzüge, von Gewittern wild vorausgejagt, kommen wie aus anderen Zonen und kündigen ein großes Wetter an. Über dunklen gobelingrünen Wipfeln, fruchtbeladenen regungslosen Ästen, altvertrauten Giebeln bauen sich Wolkenthrone, Himmelsbilder fremdester Erhabenheit empor wie nie erlebt an diesem Ort. ❡ Wetter, Licht und Himmel wechseln tief von einem Tag zum nächsten,—so kann jeder in uns weiterklingen, Sonntag, Montag, Dienstag — eine Wettermelodienfolge, viel zu reich zum Überschauen, zum Vergessen viel zu schön! Durch welche wortentrückten Reiche führt Wettergeist und Jahreszeit uns immerdar, — durch welche Seelenstimmungen der Riesenwelt voll Zartheit und Bedeutsamkeit, voll unbesungener Harmonien! ❡ Doch auch verblasene Stunden unbeseelter, düstrer Tage tauchen auf, die aus rätselhaften Wetterkämpfen kommen; und an Regentagen von der gleichen Kühle wie im Juli wird jetzt schon früher Herbst beklagt. ❡ In kurzen Stunden aber bricht mit Blau und Gold und allem Glanze die geliebte, halb verträumte Reife wieder vor. Und immer wieder geben wir uns froh den heißen Sommersonnengluten hin, die nicht nur volle Kraft bewahren, sondern auch in warmen Mittagsstunden noch ein Strahlenübermaß entfalten, bis am Ende dieser Wochen auf Millionen Wiesen Herbstzeitlosen blühn. ❡ Die Amseln fliegen zwischen Wipfeln eifrig hin und her, — der Mond hat brandigen Schein, und manche Türen klemmen leise, weil die Welt der Feuchte mit der Sonnenherrschaft kämpft. Die Ebereschenzweige schwingen schon die roten Lasten mit holder Grazie unter Lämmerwolken hin, obwohl uns noch der letzte Julisang der Amsel im Ohre liegt. ❡ Wenn jetzt die ehern milde Sonne des Augustnachmittags in große rote, bläulich überhauchte Büsche des Phloxes und

in die gelben Fallschirm=Blütenmassen scheint, so
lebt in diesem Wappenblumenklang auch wieder
Brand und Wehmut, göttliches Behagen, und ver=
wurzelt uns im Kern des Monats. ¶ Der heiße Strah=
lungszauber mancher Wettertage birgt nun geheime
Kraft der Sommersättigung wie sonst erst ganze
Wochen. – Es regnet Pflaumen und Birnen von voll=
behangenen Bäumen. Der erste Nebelduft verschmilzt
mit süßem Fruchtgeschmack der Pflaumen, – weckt
unverlorenes Glück der Kindheit auf; es ist, als sollte
unser Leben ewig dauern. ¶ Glyzinenlaub am Hause
treibt wieder Bronzesprossen mit kurzen lila Blüten=
rispen. Wir sind im Monat erster Aprikosen= und
Tomatenreife, Schilf= und Heideblüte, Vogelmauser
oder Schlangenhäutung. Die Tiere werden nun auf
lange neu gekleidet. Auch für Feuersalamander,
Laubfrosch, Ringelnatter ist August der große Mo=
nat, – nämlich der Geburt. ¶ Kein andrer Monat
zieht so viel Insekten in den Garten, – der Mensch
im Silberhaar entdeckt im eignen Garten fast täglich
neue, nie gesehene Insekten. Das Wunder des Segel=
falters schwebt im Zickzack seiner Flüge über bunten
Phloxen. Der Admiral besucht nach alter Sitte voll=
behangene Pflaumenbäume. Auf einem großen Wet=
terdistelbusche geistern von früh bis spät zahllose
Pfauenaugen mit stetem Flügelschlag, als seien sie
Organe dieser Pflanze. Der größte Schmetterlings=
magnet ist der Buddleiastrauch mit seinem Honig=
duft der lilablauen Ähren. – Der Trauermantel liebt
die goldene Fallschirmblütenstaude, und herrlich ist
es, wenn der dunkle Schmetterling die grellbesonn=
ten Blumenbüsche überschwebt, die vor dem Düster
schwerer Wetterwolken stehen.

Kein Sommermonat ist so reich an unbestimmtem Ruch von früh bis spät. Schwer beschreibbar diese milde, seidenweiche, kraftgetränkte Luft so mancher Stunden, – ja, das Wunder dieser Luft zieht sich durch ganze Tage. Pflaumenbäume hauchen ihren Duft hinein, – jedem Tage möchte man ein Denkmal setzen, auch dem Wandel sanfter Mondscheinnächte, die oft wie ein Gruß des Südens noch späte Zeiten des August erfüllen. ¶ Der Wildnisgarten lockt die Geister tiefer Wildeinsamkeit heran. Leise wagen sich die Worte an die stille Regenstunde in der Fichtenwildnis unseres Gartens. Es regnete noch nicht, – taute leis von oben. Natur mit allen Zweigen war regungslos und rührend dem tiefen Ruhen dieser demutvollen Stunde hingewandt. Es war der erste Augenblick, in dem die zeitlos grüne Sommerherrlichkeit aus ihrem Traum erwachte, – der Augenblick, in dem das Rad der Jahreszeiten zum Weiterrollen sein Signal empfing. ¶ Man sucht oft in den Augen anderer nach einer Spur von Dingen, die sich grad an uns versuchten. ¶ Der Regenstunde folgte nach kontrapunktischem Gesetz ein Sommerwetterreigen, den man nicht erwarten konnte. – Wie unabsehbar ist solch Tag. Auf dem Blumengarten liegt das Farbensiegel des August. Die Rosen sind schon wieder neu am Werke, und Rittersporne rüsten Frühlingsgrün, um späte Sommerwochen wieder zu durchblauen. Der bunte Phlox antwortet auf Blumenraub mit überreichem Nachflor ganzer Wochen, – Gladiolen blühn wie buntes Schilf. Das Märchenreich der Einjahrsblumen bricht in seinen tollsten Farben wie mit vulkanischer Gewalt aus armem Boden. Der Schattenstrauch Hortensie, der unverwüst=

liche, läßt sein gedämpftes Saitenspiel erklingen, das ganze Stadtquartiere im August beherrschen kann. Das Bacchanal der Dahlien erfüllt uns niegewußte Wünsche. ¶ Gelbe oder sammetbraune Riesenstauden herrschen wochenlang auf ihren Gartenplätzen, wärmen uns an kühlen grauen Tagen, Sonnenspeichern gleich; sie wirken weit hinaus auch in die Landschaft, über blaue Buchten, Ufergärten hin. Welche Kraft ward solchem Blütenbusch, mit dem tausendsternigen Gedränge auszuschöpfen, was uns rings umbraut! Tief atmet man beim Blick auf Blumen die Luft voll rätselhafter Fruchtbarkeit, die unser Inneres dem Blumengeiste aufzutun vermag, – ohne daß wir spüren, was sich da in uns erschließt. Umdrängt doch dieser Geist im großen Gange der Entfaltung das Leben immer allgewaltiger, – rückt uns an jenes Meer, «das flutend strömt gesteigerte Gestalten». ¶ Dem königlichen Monat muß auch die erste Reifezeit noch vieler wunderbarer Früchte zugerechnet sein; die Namen früher Pfirsich-, Birnen-, Apfel- oder Rebensorten werden allmählich auch Volksliedklang und -duft erwerben! ¶ Wie festlich sind doch jetzt die blauen Morgen, an denen Blüten und Gebüsche im Morgentau gebadet stehn und taubehangene Spinnennetze zahllos im Gezweig den Silberschimmer noch bereichern. Der See liegt spiegelglatt, die Uferferne fremd – verklärt. Reise doch, bleibe doch! Der blaue Reisemonat mit der Morgenglorie seiner regungslosen, selig blaudurchwirkten Stunden wühlt zwar ein Fernweh auf, das alle Wanderkraft nicht stillen kann, doch schlingt sich in das alte Reiselied mit immer neuem Klang die große Melodie: Unendlichkeit der Heimat! ¶ Und diese ganze Götterwelt des Monats, dessen Szepter weit über ferne Grenzen reicht, wird abends in so frühe Dunkelheit versenkt, daß Sommergartensträuße schon im Lampenscheine stehn. Sternschnuppenspiele des August sind hier als Trost bereitet. In kühle Abendluft bricht plötzlich wieder laue Wärme mit stundenlangem Wetterleuchten. Dem heißen Tag folgt frische Nebelkühle, die neue, heiße Stunden rüstet. — ❡ Anbetung umschwebt das ganze Jahresrund — und hebt doch diesen Monat der Verwandlung gern heraus! In uns lebt ein seliges und banges Hingegebensein an sein unermessenes Schon und Noch, — ein Schwelgen in seiner reifen Glut und feuchten Frische, in seiner heißen Helle oder sternbesäten Dunkelheit, — in der beschwichtigenden Macht des großen Reichtums. ❡ Und schließlich bleibt ein abendliches Starren in neuenthüllte Sternabgründe, die sich aufgetan und eine Stimme hören lassen: Schließt Abgründe im Menschenreich, dann werden sich die Weltabgründe euch verwandeln. ❡ Immer andre Wege öffnen sich, dem Monat auch in Haus und Garten oder auf der Wanderschaft zu seinem Recht auf unsere Liebe und Erkenntnis zu verhelfen, — die wunderbare Rolle im Jahresring und Wetterlauf hellsichtiger zu spüren und leichter auch am ungeheuren Vorübergang zu tragen. —

Man trinkt den Odem der Sommerlüfte, die mit paradiesischen Ahnungen höherer Welt erfüllt sind, und saugt Sommergeist und ewige Bläue in sich hinein, als tränke man vom Becher der Zeitlosigkeit, – als mündeten die Strahlen aller Jahreszeiten in die ewige Sommerschale. ¶ Und wenn man jetzt singende oder rufende Stimmen geliebter Menschen vom Waldrand her über duftende Heuwiesen hallen hört, dann scheint uns das Sommerreich von Wald und Garten, Flur und Strand von einer so himmlischen Wohnlichkeit, Beseeltheit und Verheißung, daß wir uns mit all unserer kurzen Lebensvergänglichkeit wie geborgen fühlen im Weiterschweben des holden Weltensommers über unser Leben hinaus. Dem Roggenfeld hinterm Gartenzaun bin ich dankbar, denn aus ihm steigen immer die Lerchen auf. Eine von ihnen jubelte im Aprilschnee hoch aus dem Flockenfall herab, der das Auge kitzelte, das sie suchte. ¶ In mannshoch gewordenem, leise klirrendem Korn treibt der Wind wahre Meereswellen. Man möchte wohl ein Stündchen lang am Wogenspiel der hohen Halme sich ersättigen und auf der Mundharmonika Musik zu diesem Texte spielen wie ein Schiffer auf der Fahrt.

Viele Ritlersporne sind so mächtig in ihrem Blau, daß der schönste blaue Himmel über der glühenden blauen Reinheit dieser schillernden, kaum noch irdischen Gebilde überraschend matt scheinen kann.

Ihre Wirkung verankert sich tief in unserem Som=
merglück; es ist, als ob ein neuer Funke zwischen
Himmel und Erde überspränge.

Wilde Blumen am Eisenbahndamm in Anfangsstun=
den weiter Reise grüßen uns: »Wir blühen hier still
an Ort und Zeit gebannt, — du aber, beschenkt mit
Glück und Freiheit, blühst durch ewige Weltenrun=
den hin und durchschwebst die Weiten der Erde! Wir
widmen deinen Fahrten die bekannte Teilnahme!» ¶
Das stille Weiter= und Wiederblühen der Blumen an
Wegrändern, in Gärten und Vasen, weckt uns zu=
weilen überraschtes Bewußtsein des großen Inhalts
kurzer Zeiträume. — ¶ Die Feldblumen, die wir
jüngst noch miteinander pflückten, hätten es sich
auch nicht träumen lassen, hier auf langer Meeres=
fahrt in der Hängevase der Schiffskabine noch weiter=
zublühen, — im Herztakt der Maschine leise erzit=
ternd. —

Den Menschen, die um das ambrosische Gebilde un=
serer Tage: die Phloxerscheinungen der letzten drei
Jahrzehnte, nicht wissen, fehlt nicht nur das Wissen
um einen kleinen, sehr lieblichen, sehr bedeutungs=
vollen Zug im Antlitz der Natur, sondern es muß
ihnen genau an der Stelle, wo die Phloxfreundschaft
zu sitzen hat, eine kleine Lücke im Weltgefühl klaf=
fen. So scheint es uns «Phloxanbetern». Welch span=
nendes Erlebnis ist das Erglühen, wie strahlend und
mächtig oft der Zusammenklang imponierender Far=
benbüsche! Der Edelphlox ist ein neues Mittel, um

den Sommer ans Herz zu nehmen. Wenn man seinen Duft atmet und die Blüten nahe am Gesicht hat, dann ist es, als ob das göttlich-große Kind Sommer seine Wange an unsere schmiegte und als ob man, alles Süße dieser Duftoffenbarungen in sich trinkend, im Mark der Sommergnaden wurzelte. ¶ Blumen sind geheimnisvolle Schicksalsausgleicher; selbst ins Entbehren einer Sommerreise können sie Worte hineinsagen, die Klage in Dank verwandeln.

FREUNDSCHAFT

Meist haben wir Arbeitsbelasteten ein unruhiges Freundschaftsgewissen und empfinden das Unzureichende unserer Freundschaftspflege als eine Art Barbarei. ¶ Welch ungelebtes Leben murmelt da in unserm Innern seine freudig-schmerzlichen Worte! Behorchen wir sie und suchen neue Wege und Beweglichkeiten – gestärkt von der Erfahrung, daß gute Freunde meistens über alle Pausen des Verkehrs hinweg aufeinander zuwachsen. ¶ Alte Freunde, nach längerer Trennung wieder beisammen, fühlen sich wie an Morgenschwellen des Daseins und der Freundschaft. –

Nahe Bekannte finden wir oft überraschend mit den unglaublichsten Leuten bekannt, befreundet, verwandt oder verzankt, – sowohl mit solchen, die uns schon lange bekannt oder aber wildfremd sind. Wie doch das Fremde und Vertraute auch hier ineinandergreift! «Die eigentlichen Bewegungen zwischen zwei Wesen sind jedem Dritten verborgen», sagt mein Tagebuch (oder Maeterlinck).

Viele Leute sind mit uns sehr nahe befreundet, die gar nichts miteinander anfangen könnten und sich wie Huhn und Hering anstarren würden. ¶ Wie wenig wissen und vermuten meist unsere Freunde von unserm großen Freundeskreis in aller Welt! Und umgekehrt gilt das gleiche. ¶ Aus der inneren und äußeren Spannweite unseres Freundschaftsbogens über ein Menschentum von größter Vielartigkeit und Weite hinweg müssen wir also den Schluß ziehen, daß viele unserer Freunde auch mit so weitgespannten Segeln fahren. Durch tiefere Anteilnahme an ihrem Leben und Freundeskreis offenbaren sich uns dann neue Wetterseiten ihres Wesens, was uns zwingen kann, ihnen allerlei Verkennungen und Ahnungslosigkeiten abzubitten.

Freundschaft ist ein Zauberland wie die Liebe und ebenso reich an Überraschungen ohne Ende. ¶ Sie kommt meist von unerwarteter Seite. Freundschaftliche Zuneigung, die uns zuteil wird, gleicht oft einer Abordnung unbekannter Mächte, die uns wundersame Zeichen ihrer Geneigtheit geben wollen. Staunend und befangen erlebt der Beschenkte, daß ihm Ausstrahlungskräfte seines Wesens in unerwarteter Richtung gewährt sind.

Freundschaften mit Menschen anderer Völker bilden oft ganz besondere «Provinzen». Der Ferne erschließen sich Zugänge, die der Nähe noch verschlossen sind. ¶ Welche grenzenlose Welt auch des Wohlwollens und des wunderbarsten Freundschaftswillens und der anhänglichsten Freundestreue wartet überall auf Erden auf ihre Gegenstände nah und fern! Und welch ein Zauber wohnt oft auch in ganz oberflächlichen menschlichen Beziehungen, – davon wird noch wenig gesungen. Und doch kann man all diese Begegnungen nicht leicht vergessen. ¶ Ich hatte mir einst auf einer Mittelmeerinsel einen kleinen Sonnenbrand geholt, und mein Nachbar am Pensionstisch, ein achtzigjähriger Franzose, der sein Leben auf jener Wunderinsel verglühte, erschien nach einiger Zeit mit einem weithergeholten Hautheilmittel für den Brand. Sein Wohlwollen und seine Herzensbereitwilligkeit kamen aus so ferner, fremder Welt, daß man das Gefühl hatte, wieder ein Stück Fremde mit dem Herzen erobert zu haben. ¶

Halte manche Freundschaftsbeziehungen ganz «oberflächlich» und pflege diesen Oberflächenreiz. Erhalte hier das «Prachtgeheimnis der Distanz», mein Lieber!

Welche wunderbaren Freunde und Freundinnen waren und sind unserm Leben gewährt! Könnte man viele von ihnen wahrhaft schildern, so hätte Kostbareres nie in Büchern gestanden. Manche Menschen greifen in unser Leben ein wie Abgesandte des Himmels, — Erzengel beiderlei Geschlechts, die mit einer unerschöpflichen Ausdauer vorgehen. Daneben will uns im Ganzen unseres Lebens der Rückblick auf die Belastung mit Abgesandten der Hölle nur mäßig beschäftigen, weil so viel Besseres zu bedenken ist.

Freundschaft mit alten Menschen unterliegt oft einer Hemmung und Verkennung aus altmodisch überkommener Scheu. Im Alter selber wird dann erst gespürt, wie falsch es ist, Gefühle für alte Menschen, die in der Ferne weilen, aus irgendeinem angenommenen Leidensgrund verdüstern zu lassen und die schöne Verbundenheit mit ihnen fahrlässig zu unterbrechen, — während indessen jene Alten, die wir eben in Leidenstälern vermuten, wer weiß wie oft gerade auf Höhen des Lebens wandeln. Denke sie dir in glücklicher Stimmung, — schon fällt die Hemmung fort; sind doch dem Alter und Hochalter Briefe, Blumen und Geschenke nicht weniger beglückend als der lieben Jugend! ¶ Das Leben des Herzens geht auch in Hochalters-Jahrzehnten durch unbeschreibbare Färbungen und Verwandlungen, Wärmesteigerungen und Blühkräfte und steht mit jüngeren und mit alten Herzen in Bündnissen von einem Zauber, der zu den Gipfeln des Lebens gehört.

Durch vermeintlich «unscheinbare» Menschen lernt man oft die bedeutsamsten kennen. Über gebrechliche Brücken führen Wege zu blühenden Inseln und Ufern.

Wer hofft, bekommt Freunde. Wer fürchtet, bleibt allein. Wer flieht, den jagt man.

Jeder Freund und jede Freundin gibt und durchleuchtet uns ein anderes Gefühl unserer selbst.

Nicht zu beschreiben oder auszudrücken, wie sich fast alle unsere Freunde im Lauf eines langen Lebens-

ganges ändern, und zwar meist in der Richtung einer reifen Verjüngung ihres Wesens, die sich auch in die Frische und Wärme ihrer Freundschaftsbezeugung umsetzt. Die, auf die es ankommt, werden immer «netter». Doch muß man gelegentlich Angeln auswerfen und mancherlei Scheu ablegen.

Wieviel Kultur und Unkultur drückt sich in kleinen Dingen des Verhaltens unter Fremden aus! Wie häufig ist laute Unterhaltung in Gegenwart anderer, die alles ungefragt mit anhören müssen, — lästiges Hinüberblicken zu Mitleid oder Bewunderung weckenden Personen, — das sanfte Vordrängen vor Längerwartende oder das grußlose Anreden der Verkäufer seitens der Kunden. Manche Leute vor dem Ladentisch scheinen überhaupt nicht auf den Gedanken zu kommen, daß solche hinter dem Ladentisch eine reichere, höher entwickelte Seele haben können als sie selber! — Taxichauffeure und Kellner, die gefragt wurden, wie viele Menschen sie begrüßen, ehe sie ihr Fahr- oder Eßziel nannten, gaben die Zahl fünf von tausend an.

Der da in der Ecke drüben würde auch ein anderes Gesicht machen, wenn er wüßte, daß er dieses macht. — Sieh mal das melancholische Frauenantlitz da drüben. Jetzt gähnt sie unverblümt. Aus mit der Tragik.

Begegnen uns Fremde im Menschengewühl, die uns lebhaft an Bekannte erinnern, dann wirkt sich dies gewöhnlich so zugunsten letzterer aus, daß uns Reiz und Eigenart ihrer Erscheinung bewußter werden als vorher, — zugleich aber leise an irgend etwas mahnen, das wir ihnen wohl schuldig wären.

Ein paar hingeworfene Worte überdauern Weltorkane. Aber es kann auch geschehen, daß sie diese hervorrufen.

Wer sich nicht in Gefahr begibt, kommt um.

Anspannung trotz Abspannung erntet oft Hochspannung.

Einsamkeit brütet Gemeinsamkeit.

DIE ZURÜCKSCHNAPPER

Wer aber spricht von der «Kontinuität des Herzens»? Es gibt mancherlei gutartige Menschen, die in freundlichen persönlichen Beziehungen jeder Art die bereits erreichten Stufen und Augenblicke höherer Wärme und menschlicher Nähe oft wieder aus den Augen verlieren, ihnen keine rechte Treue halten und wieder in kühlere Regionen zurückschnappen, — schlecht erzogene Jagdhunde, welche die Fährte verlieren.

Wie sehr würde mancher staunen, wenn er vergessene Worte jener Briefe wieder läse, die er vor Zeiten schrieb, — weiß der Kuckuck, woran es manchmal fehlt: an Wachheit und Gedächtniskraft des Herzens oder an Vertrauen darauf, beim jeweiligen Partner nach so langen Zeiten auf jene feinsten Erinnerungen und Bedürfnisse rechnen zu dürfen. Man wird also heilbare oder unverbesserliche Formen des Zurückschnappens unterscheiden. Doch manchmal handelt es sich wirklich nur um «Scheineis». ¶ Wenn wir aber den Sinn für jene hohe Stetigkeit verdunkelt finden, gilt es meist dennoch, weiterhin unverdrossen Fundamente des Emporbauens zu legen, wobei auch noch äußere Mittel ihre Dienste leisten können: Gefälligkeiten, Geschenke oder Blumen. ¶ Nebenbei bleibt noch freundlich zu bedenken, ob wir nicht selber manchmal zu den wirklichen oder scheinbaren Zurückschnappern gehören!

Junge Menschen von heute springen im Garten mit dem Pflanzenmaterial ganz anders um als die frühere Generation; es wird also das Gartenleben etwa zu einem Schlüssel, dessen sich die ältere Generation bedienen kann. Ein Blumenstrauß enthüllt plötzlich erstaunliches Draufgängertum und kühnes Feingefühl der Jugend von heute (aber auch die noch schlummernde Künstlerseele) und offenbart so gleichzeitig die Fortschrittskräfte des Blumenwesens.

Die Liebe steht nie stille. Ihr großer Überraschungsgang macht vor keinem Alter, keiner Schwelle halt.

Ja, Kinder (ihr langhaarigen), ihr seid unser Urentzücken und unser Urschmerz, — ihr seltsamen Gewächse, fremdartige Heimat der Mannesseele. Daß ihr wie von einem andern Stern seid, das unterbricht ja die Erdeneinsamkeit so schaurig süß. Welch ein Geheimnis!

Welch ein Instrument ist der Garten für die Liebe! Man darf ihn ihr nicht versagen, — und man darf ihm nicht das Instrument «Liebe» versagen.

Gelegenheit macht Liebe. Die Welt wird zu Wasser und zu Lande immer reicher an Gelegenheiten zu emportragendem oder hinabsteigendem Leben und Lieben.

Wie alt das wohl schon auf der Erde ist, daß man merkt, wie gepflückte Blumen im Wassergefäß weiterblühen! Älter ist jedenfalls noch die Urgebärde, daß ein Mann einer Frau seltene und farbenblitzende Blumen schenkt. ¶ Mein erster Blumenstrauß, den ich als Knabe einem Mädchen schenkte, das ich schon recht eigentlich liebte, bestand aus Glockenblumen, reifen Walderdbeeren, Spiräen, Vergißmeinnicht und Kuckucksnelken; aber der Clou der Sache war, daß dieser Strauß in der Dämmerung mit funkelnden Glühwürmchen durchsetzt überreicht wurde. So glaubte ich das Phosphoreszieren meines Herzens ausdrücken zu dürfen! Der huldreiche Gesichtsausdruck der Empfängerin im Widerschein des Straußes war so eindrucksvoll, daß er schon dreiviertel Jahrhundert weiterzuleben vermochte! Keine Pflanze der Welt hat eben einen solchen Hang zum Blühen und Nachblühen wie der Mensch.

Ich ließ einmal ein Mädchen, das ich näher kennenlernen wollte, die Düfte eines kleinen Straußes seltener Blumen mit geschlossenen Augen raten. Sie witterte mit tiefem Staunen in all diese Fremdartigkeit und Vertrautheit hinein, gab schnuppernd ihrer Überraschung Ausdruck, was sich da für unerhörte Dinge an der Nase versuchten, und fuhr mit kleinen Ausrufen des Entzückens dazwischen. Ihr schönes Umwittern jener Naturwelt ließ mich das Höchste ahnen, — die Gefährtin.

FLEDERMAUS IM COLOSSEUM

In tiefer Abenddämmerung nach überreichem römischem Tage ganz allein im Colosseum mit einer Fledermaus und dem Abendstern, der südlich klar durch die hohlen Tore der obersten Randmauer blinkte. Im ungewissen Licht waren die gewaltigen Steinquadern der Sitze und Terrassen, der Brüstungen und eingelassenen finsteren Pforten sichtbar. ¶ Die Fledermaus schien scheue Mitwisserin aller Abgründe des hier Geschehenen, verbündet mit den ruhelosen Schatten dieses Zeitengrabes. Wie gespenstischer Nachhall geistert das Nachwehen um die blutgetränkte Stätte, umflossen von einem Schauer, in dem Stimmen, den Finger vor dem Mund, hauchten: ja, — so war es. ¶ Und Fäden spannen sich zwischen Abendstern, Seele und Nachtgetier, darein war das weltgeschichtliche Geheimnis dieser Stätte versponnen, schrecklich und unerforschlich. ¶ Und eine Frage tat die Seele in das sterngekrönte Schweigen, zu dem der tosende Lärm des Weltgeschichtsspiels emporhallte. Eine Antwort kam: Ihr seid teuer erkauft. ¶

MENSCH OHNE BUCH

Mensch ohne Buch ist wie Höhlentier ohne Höhle. Schade um jeden Monat ohne jenen Höhlensegen! ❡ Mancher versäumt Tag für Tag keine Mahlzeit, aber monatelang jede Buchnahrung – und läßt auch noch andere darben. Ein gutes Buch kostet nicht mehr als eine gute Mahlzeit für zwei, hält aber länger vor und sättigt noch andere. Die Nährkraft reicht sehr oft ins Unermessene. ❡ Doch ausgerechnet im Geisterschatzhaus überkommt den Wohlgenährten eine Geldbeutelängstlichkeit, die er vor vergänglichen Werten längst ablegte. Der Bücherknauser, oft ein sehr eifriger Bücherfreund, wird zum mitverantwortlichen Störer der großen Zirkulation. ❡ Gewöhnen wir uns, im Verkehr mit Freunden wechselseitig die stärksten neueren Bucherlebnisse zu berichten! ❡ Die Klage «Ich habe keine Zeit zum Lesen» verdient die Antwort: «Lerne klagen, ohne zu schwindeln.» Wer allabendlich auch nur eine halbe Stunde einem guten Buch opfert, – also zehn bis zwanzig Seiten bewältigt, kommt im Monat bald auf zwei Bücher. ❡ Kein kleines Ding drängt so großen Weltextrakt zusammen und spielt uns so erstaunliche Fäden in die Hände wie das gute Buch. Wir danken den Büchern Lebensernten, welche der Buchfremde nicht ahnt! Diese Brennspiegel fangen stärker als je den großartigen Glanz der Welterscheinung auf und bauen uns unbekannte Länder und Geschichtsepochen als lebendige Seelenräume ein. ❡ Bücher der großen Literatur, – zauberisches Gespräch der Liebenden, nie genug durchschrittene Pforten zur Entdeckung nah und fern!

Kein Ende leiser Mondesrätsel in Heimat oder Fremde, — in allen Breiten warten andere! Auch mit vertrauten Heimatdingen in Landschaft, Haus und Garten macht sich der alte Magier immer neu zu schaffen. Wieder taucht die feierliche Maske mit dem geisterhaften Spott an verwunderlichem Platze auf. — ☾ Wieder leuchtet's mit besonderm Schein auf Wände, Tische, Gartenbeete hin, wie kaum um diese Zeit gesehn, — beglänzt die taubeladnen Asterbüsche mit blauem Spiegelschein wie Mondgeschöpfe — und todgeweihte goldne Blätterpracht so hell, daß sie noch sommerschwarzen Schatten wirft. Der milde Strahl kommt auch verfrüht dem Lampenlicht am Tisch zuvor und dringt in unvergessenes Gespräch. ☾ Jüngst aber dachten wir: weiß der Himmel, wo der Mond sich wochenlang verborgen hält, — er ist ja wie verschollen. Da kam er nachts um zwei vom Mühlenberg mit Geisterlicht in totentiefen Schlaf und kramte zwischen dunklen Fächern halbvergilbter Reisebücher, wohin er sonst nie reichte, obgleich wir hier schon lange sind: — sieh dies allwissende Licht, du Bürger zweier Welten! ☾ Kennst du des Mondes Bahnen recht? Jeder läßt sich staunend überraschen. Weitausschwingende Gezeiten verwandeln seine Fahrt, um welche noch geheime Forschermühen kreisen. Im Winter heißt's mit steilem Sommerbogen Großmutter Sonne nach, die mittags in den Schornstein schien; im hohen Sommer darf er flachern Bogen steuern und silbergrüne Pracht dem goldenen Abendbrand entgegenführen. ☾ Letzthin weckte er die Schläfer mit verfrühtem Morgenschein; doch noch war tiefe Nacht. Über den vertrauten Gartenwipfeln hing fremdes Sternennetz mit regungslosem Glänzen wie unter heil'gem Tau der spätbelauschten Stunde. Der Mond in wunderlichem Zustand war mit zwei großen Sternen auf abgelegnen Himmelsplatz geraten, — trunknen Leuten gleich, die an verkehrter Stelle nächtigen. Schief und verloren stand er dann am Morgenhimmel — von Nachtfahrern verlaßner Wagen mit gebrochner Deichsel, — bis er außer Sicht geriet über Morgenpost und Frühstück. ¶ Er hat's in sich, dieser große Träumer, der den Tag scheut, Wirklichkeiten wie im Traum erscheinen läßt und die Riesenmacht von Flut und Ebbe lenkt wie der Mondsucht Schritte; der bunten, nachtversenkten Erdenschein mit fremdem Schimmer leise wieder aus dem Schlafe hebt und mit Warnung und Erbarmen Geisterbilder der Erscheinungen über dunklen Tiefen glänzen läßt.

Septembergewitter mit beginnendem nächtlichem Blitzgeleucht hebt dunkle Gärten mit ihren Fruchtbäumen und Farbendickichten jäh ins Überhelle, – hält Menschen noch draußen in Gärten erregt in Gesprächen über weltgeschichtliche Ereignisse, die in wunderlicher Verbindung mit der späten Gewitterneigung der Atmosphäre scheinen. ¶ Schwebende, blendende Blitze sind wie göttliche Erleuchtungen, donnernd aufmurrende Dämonen der Unterwelt tiefer in Fesseln zu legen. ¶ Gewitter reißen Schleier von der Gefährlichkeit der Welt. – Über vergrollenden Wolken öffnen sich sternflimmernde Gewölbe, – o großes Gewebe aus Gleichmaß und Erschütterung, dessen Organe wir sind, – unendliches Schauspiel, dessen Zuschauer zugleich Mitspieler sind in ewig wechselnden Rollen.

Wir stehen im blauesten Landschaftsmonat, im buntesten Gartenmonat. Aber der Gartenvogelgesang ist verstummt, die große Hitze aus den Gärten verschwunden wie ein Sturm. Die Stille im Steingarten ist nun wie ein Ausläufer des Schweigens hoher Wildeinsamkeit der Berge.

Viel zu früh kommt das Abenddunkel, – doch früh genug das Morgenlicht. ¶ Im ersten rötlichen Dämmerschein umfliegen noch Fledermäuse die Giebel, bis Schwalbenflug die eben Verschwundenen ablöst.

Auch dieser Doppelreigen ist bald vorüber. Ende September wird unter das himmelhoch schwingende Wiegen der Schwalben ein breiter Strich gezogen: in langen Reihen auf Telegrafendrähten zwitschern sie leise und friedlich vor dem Aufbruch zur ungeheuren Reise, während oben in Wipfeln Scharen von Staren lärmend ihre kleinen Reisen beraten. ¶ Die Nächte werden kühler, und mittags liegt noch aller Tau im Schatten. Doch hohe Sonne glüht noch sommerlich. Das Festgericht des Tages ist noch heiß.

Der Gartenherbst ist ebenso voll aufsteigenden Lebens wie das Alter; er ist bis zum Rande voll auch vom Gegenteil dessen, was von ihm gedacht wird. ¶ An nebelfeuchtem Morgen locken den Vorübergehenden weiße, erblühende Büsche der Herbstmyrtenaster, die funkelnd im roten Morgenlicht stehen und noch keinen Insektenbesuch empfangen. Die Blütengeschmeide recken sich aus taugebadetem Dickicht und schatten mit glitzernden Zweiglein in die Nebelluft. ¶ Wie froh macht das Gefühl, bis in alle Zukunftsherbste der leid- und glückbeschützenden Nachbarschaft solchen leisen, tröstlichen Lebens sicher zu sein! Jedes edle, treu mit dem Garten verwachsene Blühen trägt Nährboden geistigen Blühens in die Welt. Wieviel «scheinzarte» Dinge begleiten uns ausdauernd durch endlose Fluten von Zeit und Schicksal! ¶ Kein Lyriker hat noch besungen, — da überbeschäftigt mit Liebe und Tod und welkem Herbstlaub—, welche Befreundungen und Verschwisterungen zwischen Seele und Blütengewächs aus unserem Gartenleben erwachsen!

DANK

Mancher kann lange auf Händen getragen sein, – läßt man ihn aber einmal «fallen», ist er gleich ein wenig ungehalten. Erbittet man eine Gefälligkeit, dann sagt er mit etwas knarrender Stimme oder Seele zu. Vielleicht aber fehlte es jenem «Aufhänden=tragen» zuweilen an unwägbarer Zartheit, also auch an Heiterkeit? Gefälligkeit und Wohltun aber ohne Heiterkeit weckt nicht die volle Dankbarkeit und das reine Glück des Empfangens. ¶ Manch einem muß man auch Zeit lassen, ehe man ihn in die etwas komische Gruppe der Unempfänglichen hineinordnet, denn es gibt hier späte Überraschungen. ¶ Statt aber von groteskem Undank staunend zu berichten, vor dem doch jeder einmal betroffen oder belustigt steht, wäre viel mehr Anlaß, von Strömen des Dankes und der empfangenden Dankbarkeit zu reden, welche die Welt und auch dein Herz erfüllen. Wie oft jedoch bleibt unser eigener Weg vom tiefen Dankgefühl zum Wort noch unbegangen! ¶ Nachdenkliche Auf=merksamkeit auf eigene Dankesmängel führt immer schnell zu kleinlauter Einkehr, weil wir ja ständig anderen so unermessenen Dank schulden. Unendlich ist die Hilfe, die der Mensch dem Menschen bringt, vom Menschen erhofft!

Mit welcher bedeutsamen Zähigkeit hält uns das Ge=dächtnis manch eigenen Undank lebenslang vor, – aber das gleiche Gedächtnis bedarf zuweilen der äußeren Sicherung gegen Streiche, die es unseren

Dankesgefühlen spielen kann. Manch einer wäre noch immer zur Erkenntlichkeit geneigt, wenn er den damaligen Anlaß nicht glatt vergessen hätte! Gutes Gewissen ruht oft auf schlechtem Gedächtnis. Das gleiche gilt von fahrlässigen Selbstvorwürfen. ¶ Schon beim zweiten Lesen lieber Briefe merken wir oft staunend, welche Glanzlichter das Gedächtnis uns bereits nach Stunden unterschlug. Mensch! Hast du denn diesen wunderbaren Brief damals recht beantwortet? Oft führt die Verwechslung von Verspätet und Zuspät erst wirklich das Zu-spät herauf. – Gerührt wird auch dein später Dank empfangen, – ganz so, wie im Himmel doch besondere Freude über den bekehrten Sünder herrscht. ¶ Und nun zu guter Letzt, mein lieber Dankerfüllter: Freudenwort ist doch zuweilen besser noch als Dankeswort, das manchmal nur wie eine Art billiger geistiger Abzahlung wirken kann – zumal für Wohltaten, deren beglückende, segensreiche Folgen sich noch weit hinaus wiederholen. ¶ Mancher hält sich schon für dankbar, weil er's innerlich ist. Unser Dankesausbruch beschränkt sich aber allzu häufig nur auf Worte, statt auch in Bereiche der Dankestat zu dringen. Wie oft empfingen wir doch Gutes in beglückender Verbindung von Wort und Tat und spürten die erhöhende «Legierung». ¶ Wort und Tat verlangen ohne Ende nach einander. Eines trägt an die Schwelle des anderen. –

Mit dem Älterwerden wird uns die Geschichte unseres Lebens immer geheimnisreicher, – bald sinnvoller,

*bald unbegreiflicher. Der Fortgang der Verwandlungen vertieft alte Rätsel oder erleuchtet sie.
Jugend schützt vor Reife nicht, Alter nicht vor schöpferischem Jugendfeuer, —Eitelkeit vor Leistung nicht!*

Die Natur will gelenkt und befohlen werden. Sie reckt sich geistig und körperlich nicht zur vollen Höhe, wenn nicht an ihre vollen Höhen und Möglichkeiten geglaubt wird und nicht ein ständiger Druck aus den Höhen auf sie geübt wird.

Das rechte Alter kennt die rechte Jugend, und zwar nicht nur in einer, sondern in vielen Generationswellen von innen und außen. Die Jugend aber kennt das Alter nicht. Sie ist von dumpfen, wunderlichen Verkennungen des grauen Haars schwer abzubringen. Was sollte sie denn überhaupt vor Seligkeit anfangen, wenn sie auch noch um die Segnungen des Alters wüßte!

Der ungeheure blühende Lebensraum, genannt Alter, ist kein Ruheasyl, sondern vorwärtseilende und drängende Erntezeit für andere und für sich, — bestrahlt von der Sonne des Dankgefühls gegen Lebende und Abgeschiedene.

Der alte Mensch scheint oft erst das voll ausgebaute Bild eines Menschen darzustellen — so wie der alte Baum auch erst unser rechtes Baumgefühl aufbaut. ¶
Im Alter haben Bäume und Menschen mancherlei

Wechselrede. Auch wenn wir uns ein halbes Jahrhundert lang der Nachbarschaft uralter Bäume erfreuen und sie in allen Jahrzehnten kennen, betrachten wir sie doch immer wie zum ersten Male; sehr alte Bäume wissen dies zu bewirken. ¶ Wir wittern in den Altersriesen auch geheime Beschützer des Menschenhochalters und suchen mit unserer Baum- und Welterkenntnis ihrem Kultus zu dienen, als müsse unsere ergriffene Liebe eine Schutzhand über ihre mächtige Zukunft halten. Wobei sich mit solcher Schau auch Wort und Blick geliebter, lang entschwundener Menschen eint, mit denen wir einst unter diesen Bäumen wandelten.

Auch das Gewissen und Verantwortungsgefühl des Alters ist im Wachsen. Keine Rede nur von Altersabklärung und Friedensruhe in feierlichem Abendschein. Nicht Abendsonne liegt über dem Alter, vielmehr eine heiße, drängende Nachmittagssonne, die oft wie in ein Licht der ewigen Morgenfrühe übergeht. ¶ «Im Alter», sagt Goethe, «muß man mehr tun, als da man jung war . . .» ¶ Was nicht hindert, daß Essen und Trinken, Schlafen, Reisen, Gespräche und Gelächter herrlich schmecken wie der Jugend, — Gartenfreude noch weit mehr.

HOCHHERBSTGANG

Es ist nun schon so lange Herbst. Seit Tagen ruft der goldene Buchenwald, – er blieb in voller Farbenpracht, obgleich die letzten Tage des Oktobers schon vorbei. Man muß die Feste feiern, wie sie fallen: schnell noch hinüber in das goldene Märchen, ehe es zum Kupfermärchen wird. ¶ Den Weg zum Walde säumen bunte Gartenbäume. Der Hochherbst scheint ein heiter-turbulenter Weltuntergang, ein letztes tolles Maskenfest am Ende aller Dinge, – die Festluft wie von wunderbarem Räucherwerk erfüllt. ¶ Ein neuer Waldpfad führt durch makellose goldene Einsamkeit. Von allem Goldlichtzauber ringsumher dringt wundersames Lächeln uns ins Herz, und herrlich sättigt diese Überschüttung unser Auge. Mit welcher Majestät trägt doch die Buche jetzt ihr Goldgerage! Ein Dickicht glüht in einem wahren Farbenfeuer auf, das sich in eine wilde Goldschlucht hin verliert, von schwarzem Astwerk überwölbt. ¶ Der Blick dringt nun hinauf zu hohen Wipfeln, die gelbgeflammt und dunkelbraun in Kupferpatina und bleichem Grün auf Silbersäulen unter stahlblaugrauen Wolken stehn. ¶ Jenseits einer hellen Lichtung lockt ein anderer Wald mit Ackerrand und Weiher in veränderter Musik. Alles wieder ist zu neuem Mitspiel aufgerufen: edle müde Felderfarben unter stillen Wolkenbänken, lebenssatte Gluten dunkelroter Brombeerranken, weiche Schatten hoher Wipfelkronen auf dem Waldgrasteppich, dessen dunkelgrüne Polster rhythmisch hinverteilt sind, – jeder Rest verblaßten Grüns, der im goldnen Dröhnen klingt. ¶ Alles aber, wovon Worte oder Bilder Kunde geben, ist ein Bruchteil nur geheimer Feste, die sich fort und fort an unserm Blick und Sinn versuchen. ¶ Zaunkönige und Meisen mit wisperndem und silbernem Gesinge weben Perlenmuster in die tiefe Stille; es ist wie zärtlichstes Geflüster der kleinen Kreatur mit ihrer goldnen Mutter. ¶ Wieder öffnen sich neue Hallen ohne Ende, deren Pracht kein Traum zu träumen wagt. Das Grün des Sommers glich der Farbe einer grünen Raupe; herrlich=schrecklich ist die Goldgestalt hervorgebrochen! Schon leuchten rote Abendwolken über bunten Wipfeln. Dämmerung und Nacht senkt sich herab. Unbegriffene Verschwendung, solche Märchenwälder wenn auch nur auf düstre Stunden ohne Licht zu lassen.

Hier in den Bergen brennt die Oktobersonne durch goldene Zweige noch so heiß, daß sie selbst Frühlingsenziane noch einmal zu blauem Leben zwischen bunten Gräsern erweckt. Das späte Blühen folgt uns bei großen Tageswanderungen überall von früh bis spät bei jedem Schritt, — in heißen Stunden von Schmetterlingen umflattert, unter denen ein seltener goldgelber auftaucht. Und wo wir neue Schatzkammern herbstlicher Bergschönheit betreten, immer schon warten da die kleinen seligen Bergblumen auf unser Staunen. Bald werden sie nur noch im Schutz der Waldränder weiterblühen, wo Schneerosen zum monatelangen Winterflor rüsten. ¶ Natur geht ihren großen gewiesenen Gang. Sie redet eine wunderbare Sprache, — menschenverwandt, übermenschlich, dem Wort entrückt, — immer voll heimatlicher Klänge und leiser, fremdartiger Obertöne. Nie können wir freudig genug ihrer verborgenen Weisung lauschen.

Das große Herbstchaos braut aus tausend Scheinzufällen ein erlesenes Zusammenspiel bedeutsamer Bilder. Warme Herbststunden sind wahre Schnellmaler. Kaum nippen wir an einem Becher — schon wird ein verwandelter hingehalten. Und plötzlich überrieselt bleiches Wachsgelb ein tödlich ernstes Schwarzrot, — nankinggelbes Riesenblattgerank zieht rotgefleckt durchs Silbergezitter der Weide, steigt weit hinauf in Pappel und Ahorn. Grün macht ein fremdes Gesicht, hilft kontrapunktisch an allen Herbstmelodien.

NOVEMBERGEZEITEN

In den Gärten des November, des braunen Monats voll milder Kraft und feuchter Stille, voll Abendrot und Mondnachtblau, verblüht noch der Herbstflor des Fernen Ostens. Rote Beerenschmucksträucher leuchten aus erstem Reif und Schnee und letztem Blättergold. Dazwischen schälen sich immergrüne Gehölze aus Wirrsal und erstem Nebel. ¶ Manche Baumwipfel heben schon braunes oder blasses Gold über andere Wipfel empor, deren Winterfiligrane sich entschleierten wie tragende geistige Gerüste einer Welt von Leben und Wechsel, – Maschenwerk ewiger Gesetzlichkeit hinter großen Verwandlungen. ¶ Dem tiefsten Wetterfrieden folgen Licht- und Wetterwolkendramen, denen wir gespannt zusehen. Eine wehmütig-feierliche oder wilde, fast mythische Schönheit entfaltet sich wie ein grandioser Nachklang der Sommerfülle, schon gezeichnet von den Zerstörungsmächten. ¶ Bunte Wintervögel werden im gelichteten Baumgezweige plötzlich sichtbar; man freut sich an ihrem federleichten Umhergeistern im gewaltigen winddröhnenden, nicht mehr rauschenden Astwerk. ¶ Zu den Gipfeln der Schönheit gehören die Sonnenuntergänge und die Vollmondnächte. Man geht auf gefrorenen Ackerschollen wie auf erstarrter Lava und hört die Bäume leise klirren, während der ganze Westhimmel bis in den Zenit hinauf in blendender Abendglut steht und zugleich der östliche Waldhügel in blaudüsterer Mondnacht liegt. Dem schwarzen Waldsaum entsteigen die tiefen Flötentöne der Eulen, und über dem Eulenwald hebt sich alsbald das winterbeherrschende Orionkreuz empor, das im Mai bei fernverworrenem Froschquaken schräge in grüngoldenen Abendglanz sank. ¶ Im kahlen Astwerk manchen Baumes blühen schon alle Gestirne, während der Nachbarbaum noch fahles Laub ins Mondlicht breitet und sommerdunkle Schatten wirft. Mit wunderlichem Durste trinkt das Auge noch jeden dichten Laubschatten, obgleich wir doch schon längst mit Herbst und Winter Frieden machten. ¶ Wenn aber nach der Oktober-Novemberwende oder noch später das letzte Goldgetropf der Blätter ins letzte Laubgrün oder dunkle Immergrün verweht und schaukelt — und all die Farben der kostbaren Herbstneige sich mit gepanzerter Stille und Ruhe umgeben, dann finden wir uns nach der milde abgelaufenen Wandlung in wundersam gehärtetem Frieden ohne Furcht und Unbehagen — und sammeln weiter mit jedem Blick den ewigen Reichtum dieser kostbaren Verarmung und Beraubung. Das große Novembernachspiel des Herbstdramas, weit mehr als die erste Monatshälfte füllend, macht nicht minder glücklich als die Szenen vorher. ¶ Nun sieht man wieder Bäume durch Bäume hindurch und Himmel durch Gärten und Wälder gelagert. Wir Anbeter des Winters freuen uns der enthüllten Baumgerüste und lauschen ihrer beschwingten Kraftsprache. ¶ Diese Novembergezeiten sind wie ein Einbringen der körperlich-geistigen Ernte des verflossenen Jahres. Es liegt das leise Rauschen großen Schweigens über der farbenstill gewordenen Welt und läßt sie dunkel und ruhevoll aufatmen vom Sturm des Werdens und Vergehens.

Wir pflückten im Garten mit Freunden aus der Stadt große Chrysanthemumsträuße, die ihre Arme füllten, und blickten zwischen all den späten bunten Blumenbüschen und den Sträußen, die voll harzigsüßer Düfte waren, in das bunte Land hinaus. Niemand kann die Glücks- und Farbenfeste dieser alten Gartenblume überschauen, die schon am kaiserlichen Hof in Peking gefeiert wurde, ehe noch Germania von sich wußte. Diese Spätherbstwappenblume ward zum Brennglas unserer Herbstergriffenheit wie keine andere Blumenart des späten Herbstes. ¶ Mehr als tausend Tropfen Tau mit ihren winzigen Schatten haben Platz auf einer Blume. Jedes Tröpfchen ist ein Prisma, das den Farbengrund verwandelt.

Man wandert durch lauter ungefeierte Schätze des Bodenherbstes. Heidekraut steht oft noch rosenrot im Verblühen neben goldenem Adlerfarn und sprühenden Goldgräsern unter roten Brombeerranken, die über silbergrauen Flechtenteppichen lagern und die Wollspinnerei der Weidenröschen über sich tragen. Es gibt jetzt neben blauen Gräsern aschgraue, gelbgraue, goldbraune und tief dunkelbraune Gräser, welche die Heidekrautpolster aller Tönungen des grauen und rosenroten Verblühens umringen. Das Steilaufwärtsstrebende der goldenen Gräser formt reizende Gitter zwischen den sich überlagernden Bodenfarben des Waldes und der Wegränder. Je karger oft die Bodenplätze, desto feiner die Augenmusik.

Wie verschieden ist jeder Novembertag vom anderen! Welchen Wandel macht allein von Tag zu Tag der ferne Novemberwaldrand durch! ¶ Und welche orchestralen, vornehmen und blühenden Klänge können von diesen müden, erloschenen und verglühenden Farben des Spätherbstlaubes ausgehen. Eine Meisterhand greift fremdartige Schlußakkorde voll großartiger Tonwagnisse, erhaben über Mißklang und spielend mit dieser Gefahr.

Die neuen Gartenschätze des November helfen diesem Monat erst voll zur Auswirkung seiner großen Rolle im Ringe des Jahres. Er wendet sich an die feinsten Kräfte des Auges. Im November ist es, als habe der Hausherr nach einem Fest die Lichter gelöscht und säße noch mit ein paar Freunden bei einem besonders edlen Tropfen im Dämmerlicht.

Der Garten hat sich müde gespielt und schläft, — erinnert an müde oder leidende Stimmungen eines uralten genialen Menschen, der das Feuer seiner eigenen Werke nicht mehr begreift. Aber das starke, frische, dunkle Immergrün der Nadelhölzer und Stechpalmen, des Efeus und der vieltönigen Steingartenpolster scheint für die erloschenen, schlummernden und entlaubten Pflanzen und Bäume mitzuatmen und Kraft zu trinken.

Seele und Geist müssen lernen, die Welt der Materie immer großmütiger, wachsamer und ehrfürchtiger zu behandeln, ohne sich ihr jemals ganz gefangen zu geben.

Was leicht zu glauben, ist kein Gegenstand des Glaubens.

Nur wer sich wandelt, bleibt sich treu.

Die Welt wird reicher an noch wenig bekannten Hochqualitäten wohlbekannter Dinge. Es sind dies Verwandlungen in unerwarteter Richtung, die wir ihnen nicht zutrauen und nicht vergessen, in ihren Folgen aber erst schwer übersehen können: eine Welt eröffnete sich über der Welt, die noch anderes und Höheres in den Sattel heben will. ¶ Auch hier werden wir «an jenes Meer entrückt, das flutend strömt gesteigerte Gestalten».

Auch was in uns über uns urteilt, gehört uns an.

Der Glaube an eine höchste Bestimmung der Einzelseele und des Menschenreiches erweist sich als untrennbar voneinander.

O unergründlich Spiel des Unvergänglichen mit dem Vergänglichen, mitten in der Vergänglichkeit ein wachsendes Reich der Unvergänglichkeit emporzubauen! So wächst das Menschenwesen am Weltenbaum, seine tiefsten Lebendigkeiten in den Geisteskern der Welt rettend; dann verweht die Erscheinung, entrückt ins Unbegreifliche.

WEIHNACHTEN MEINT DAS GANZE JAHR

Mitten in dieser winterlich verschleierten, vom Tanz der Kristalle umwobenen Jahreszeit feiern wir im tiefen Winterdunkel zur Zeit der Lichtwende ein hohes Fest und singen seine Weihelieder, — fühlen hierbei unsere Seele getragen von dem großen menschlichen und überweltlichen Mysterium, das die Wirklichkeit von Gut und Böse, von Treu und Glauben umfaßt. Ihrem Künder und Verwirklicher bauten zwei Jahrtausende Tempel. ❡ Nie gehörte, unvergeßbare Worte wurden von Christus in die wilde Welt geschleudert; ihre Tragweite für die Fortdauer der Menschheit und deren Aufstieg wird durch das Weltgeschehen erst in ihrer vollen Realität erkannt und erschlossen werden. Ohne jenes Öl aus Nazareth laufen sich alle Maschinen heiß. ❡ Dem Händereichen unter diesem Zeichen ist das Weihnachtsfest gewidmet, — ein Fest der wachsenden Entwirrung und Erwarmung des Lebens und aller Beziehungen der Menschen untereinander. Es gehört zu den universalsten und wunderbarsten aller Feste voller Versöhnungslockung und heiteren Neuanfangs und ist wie eine Vorfeier kommender Verwandlungen. ❡ Seinem Zauber bleiben wir auch im Alter mit Nerv und Seele untertan, und zwar in solchem Maße, daß die Jugend staunen würde. ❡ Im Glanze seiner Feier erheben wir uns wohl am gemeinsamsten zu dem, was wir im Himmel über uns waltend spüren. Aus höchstem Geheimnis also empfängt das Fest seine Kraft und Wärme, und von dort bewegt uns der Duft des Weihnachtsbaums, — der wilde Unendlichkeitshauch der

Fichte, der auf seine Fittiche das Höchste nimmt, was über der Wildnis ist. Millionen Lichterbäume, deren Lichter uns von Bienen aus Blumen bereitet werden, brennen zum Zeichen dafür, daß wir das Schwere und Dunkle der Natur nicht bewältigen und ordnen können ohne die Hilfe des Strahlenden, das aus dem Reich über uns hereinbricht. Der Mensch in seiner leiblichen Schutzbedürftigkeit wurde von Finsternis und Sturm, von Nässe und Kälte vorwärts gedrängt in goldene Helle, Wärme und Wohnlichkeit. ¶ Blicke in die winterliche Natur verdüsterter Tage und behorche den Geistersinn dieses großen dunklen Webens und Wartens! Es scheint uns auch in ein höheres und wärmeres, in ein goldenes Seelenklima hinüberdrängen zu wollen. Hier muß gleichfalls alles errungen werden, wie es in der sichtbaren Welt geschah und immer noch weiter geschieht. ¶ Dieser Aufwärtsweg führt über die tägliche Pflege guten Seelenwetters, dessen ansteckende Kraft bekanntermaßen noch tiefer wirken kann als die des Wetters draußen. Wir haben gute Wettergewalt über unsere Nächsten und Mitarbeiter und diese über uns. Das braucht nicht immer heiteres Seelenwetter zu sein, es genügt schon ein gutes. ¶ Aber – Weihnachten meint das g a n z e J a h r ! Jedem Tage bieten sich viele Gelegenheiten, sowohl in der Höherentfaltung schöner seelischer Verhältnisse als auch in der Überwindung oder Heilungsvorbereitung größerer Schwierigkeiten. ¶ Weihnachten ist vor allem ein Fest der Versöhnlichkeit, – ein Unding bleibt es also, Weihnachten zu feiern, Kirchen oder Konzerte besuchend, ohne sich vorher, wo es nötig, mit Menschen um gutes Einvernehmen zu bemühen. Aber auch jenseits besonderer Streit=

fälle bringt es mancher im Wiederkäuen fremden Mißverhaltens gegen ihn oder andere auf fabelhafte Zeiten! Wundere dich nicht über solche Leute, – du gehörst mit dazu! Man gebe dem Wiederkäuen bei Gelegenheit eine neue Wendung, und zwar nicht durch das Aufrufen unseres Humors und Wärmeüberschusses, sondern auch gleichzeitig durch Symbole, durch Taten und Worte der Freundlichkeit und Gefälligkeit. Schon kleine Gaben sind oft wie Stichflammen des Wohlwollens. ❡ Und selbst wenn anfangs dein Gefühl noch nicht ganz Schritt hält mit dem besten Willen zur Versöhnlichkeit, so handle, lebe, rede getrost schon im Sinne jenes guten Willenstroms. Dies wird alsbald dein Gefühl erstaunlich reinigen und verwandeln, also der überwindenden Gewalt recht geben. ❡ Wo wollen wir denn sonst eigentlich hin mit unserer schönen Verzeihungskraft, wenn wir nicht die Gelegenheit benutzen, das Herumnagen an alten abgewetzten Streitknochen tunlichst zu beenden! Soll es denn durchaus nur anderen Leuten überlassen bleiben, Böses und Unangenehmes mit Gutem und Freundlichem zu vergelten? Versuche dich öfters an diesem Sport und verleite auch andere hierzu! ❡ Versöhnlichkeit und Güte werden aber um ihre Wirkung gebracht, wenn sie mit Gutmütigkeit zu verwechseln sind. Sie müssen also ein Gewirk aus Stahl und Seide sein; auch mit Samthandschuhen kann kräftig zugegriffen werden. ❡ Gerade der Unglaube gutmütiger Menschen an das völlig Böse, an das Ultrasatanische und dessen Verwirklichung, bereitet diesem erst die großen Möglichkeiten, so daß man oft sagen kann, daß die Guten den Bösen zum Bösen helfen. ❡ Notwendig ist die Sanftmut, die in aller Gelassenheit und Sparsamkeit spüren läßt, daß sie auch noch ganz andere Register hat; denn so bewahrt sie sich vor Verkennung und läßt sich nicht von der Himmelstür abdrängen. ¶ Erhöhen wir doch unsere Begriffe von gutem Einvernehmen, gehen mit mehr Einfallsreichtum auf die Menschen ein, mit denen wir gerade oder immer zu tun haben, und überlassen hierbei anderen das bequeme Unterschätzen der persönlichsten Bedürfnisse. Wie wäre es denn überhaupt, mal ruhig ein bißchen freundlicher und heiterer mit jedermann zu sein? Da ist doch mancher Spielraum. Warum nach außen kargen mit der inneren Fülle? Freundlichkeit ist ein Lebenselixier. Wie oft sind wir fast unbewußt über unerwartet größere oder geringere Freundlichkeit anderer gegen uns leise verwundert. ¶ Ein gutes Mittel gegen Hitze und Kälte bleibt «Wärme». Glaube aber nicht, daß man dir Wärme und Freundlichkeit, Mitfreude und Mitleid oder Dankbarkeit immer gleich von außen anmerkt. ¶ Stummheit wirkt Ungewolltes; sie will durchbrochen sein am Alltag wie am Festtag. ¶ Unterschätze nicht die kleine Münze der Freundlichkeit und Heiterkeit im täglichen Leben. Wieviel gute, liebe hingeworfene Worte Mitlebender und Dahingegangener sind uns noch nach einem Menschenalter im Gedächtnis. Worte haben oft Wunderkräfte; sie sind auch Tatmodelle und drängen nach kleinen und großen Taten, und diese wiederum nach Worten und ganz anderen Zeichen.

Barnerstrasse 14 D-22765 Hamburg
Fon 040 398 34 290 Fax 040 398 34 299
www.LH-Verlag.de kontakt@LH-Verlag.de

Innen unveränderter Nachdruck der zuletzt 1974 im Union Verlag Berlin erschienenen 7. Auflage, Typografie Horst Erich Wolter

Umschlag sander köhn wehrmann, Hamburg

Druck Druckerei zu Altenburg, Altenburg

Bibliografische Information der Deutschen Bibliothek
Die Deutsche Bibliothek verzeichnet diese Publikation in der Deutschen Nationalbibliografie; detaillierte bibliografische Daten sind im Internet über http://dnb.ddb.de abrufbar.

ISBN 3-928119-95-8
8. Auflage 2005